नर्क

एक 72-कला कृतयिों का संग्रह

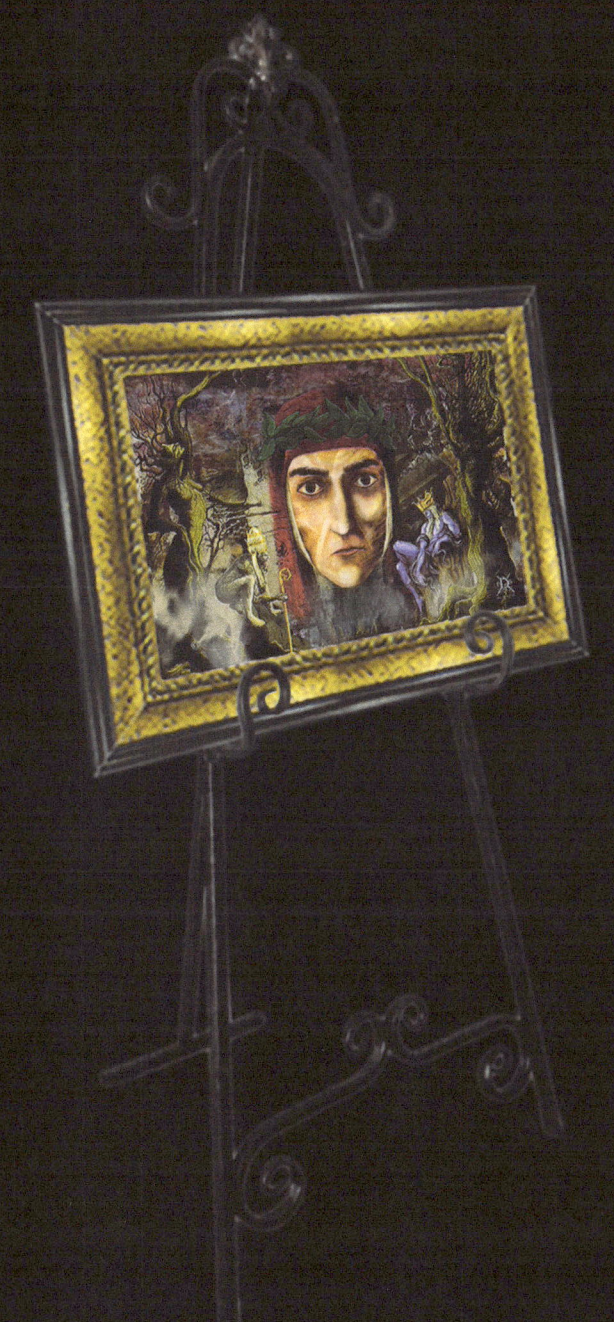

डिनो डि दुराते द्वारा

नर्क
कला संग्रह

डिनो डि दुराते द्वारा

पहला प्रकाशन
10 9 8 7 6 5 4 3 2 1

यूएस् कांग्रेस् ग्रंथालय: VAu 1-189-270
ISBN-13: 978-1-62879-032-0
ISBN-10: 1628790326

पुस्तक की होलसेल खरीदी के लिए कृपया संपर्क करें:
Gotimna Publications, LLC
www.GotimnaPublications.com

कला की खरीदी के लिए कृपया संपर्क करें:

Epic Art Collections, LLC
www.EpicArtCollections.com

मैं ये कार्य समर्पित करता हूँ
दांते अलीगिहरी को,
मेरे जीवन के शिक्षकों को

और

मेरी प्यारी लूसिया को,
मेरे जीवन का "प्रकाश",
जिसे मैने बीट्राइस की छवि में
अमर कर दिया

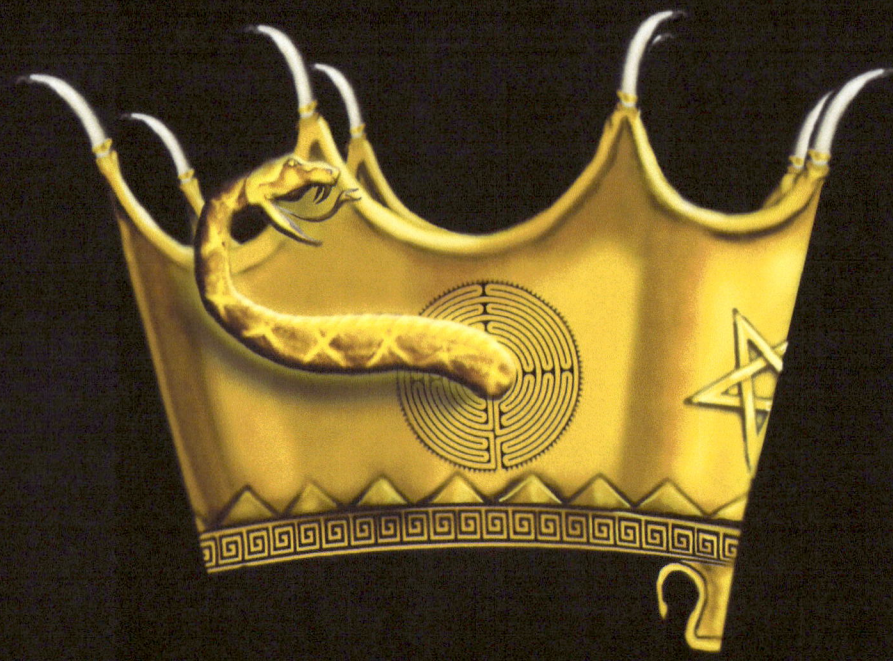

अंतिम निर्णय

प्राक्कथन

द्धांते अलीगिहरी ने अपनी श्रेष्ठ कृति, दा डिवाइन कॉमेडी, १३०२ और १३०१ के बीच लिखी थी। पिछली सात शताब्दियों में कई कलाकारों ने अपने चित्रों द्वारा इसकी दृश्य व्याख्या करने की कोशिश की है । उनमें से कुछ के नाम हैं सांद्रो बोटीसेली, विलियम ब्लेक, जीओवानी सतरादानो, गुस्ताव दोरे और महान साल्वाडोर डालि। गुस्ताव दोरे ने सबसे ज्यादा प्रसिद्ध काम किया, जो की पहली बार १८६१ में प्रकाशित हुआ। एक शताब्दी बाद साल्वाडोर डाली ने अपना निर्वचन भावात्मक चित्रों में किया । हालांकि, इतालवी दन्तोलॉजिस्टों के अनुसार, केवल एक कलाकार, सांद्रो बोटीसेली, ने १४८० के सालों में इसकी सही ढंग से व्याख्या करी थी । एक समकालीन कलाकार ने ये चुनौती अब फिर से ली है...

डिनो डी दुराते, एक संप्रत्यय कलाकार ने, दांते के नरक को कैनवास पे जीवंत करने का कार्य ले लिए है । उनका उद्देश्य केवल दांते अलीगिहरी की इन्फर्नो कृति का सही-सही अनुवाद करना नहीं है, अपितु डिवाइन कॉमेडी से अपरिचितों को प्रभावित और शिक्षित करना भी है । यहाँ दिखाई गयीं कला न तो दोरे के काले और सफ़ेद लिथोग्राफ़्स ह, और, न ही साल्वाडोर डाली से बहुत बाद में की गयी भावात्मक चित्रकारी है। इसके बजाय, डी दुराते रंगीन और सावधानी से गढ़ी गई पेंटिंग्स का पहले कभी न देखा गया एक अनोखा संग्रह प्रदान करते हैं। नरक की उनकी गहन व्याख्या सभी दूसरों के चित्रित करने के प्रयासों से बढ़कर है, उसे जिसे दांते अलीगिहरी ने शब्दों में सात शताब्दियों पहले उकेरा था।

डीनो डी दुरांते की दांते की इन्फर्नो की दृश्य यात्रा २००७ में एक ग्राफ़िक उपन्यास बनाने के विचार से शुरू हुई थी, जिसका विस्तार जल्द ही इस चित्रों की किताब में हो गया जो की २०१४ को समाप्त हुई थी । इस लम्बे और कठिन कार्य का कारने ये है कि डी दुराते एक दूरदर्शी कलाकार और कला निर्देशक हैं जो समर्पण, शैली और विवरण पर ध्यान की मांग करते हैं । उनकी व्यापक कला संग्रह का एक हिस्सा "दांते'स हेल एनिमेटेड" और "इन्फर्नो दंतेस्को अनिमतो"दोनों अंग्रेजी और प्राचीन इतालवी में क्रमशः समानान्तर रूप से उत्पादित एक एनीमेशन फ़िल्म में इस्तेमाल किया गया था ।उनका पूरा ८७-कला कृतियों का अनोखा संग्रह "इनफर्नो बाई दांते"नाम की एक फिल्म में इस्तेमाल हुआ था जिसमे यूनाइटेड स्टेट्स, इटली और दा वैटिकन के ३० से ज्यादा डांटोलॉजिस्ट्स, प्रोफेस्सोर्स और हस्तियों ने काम किया था ।

दांते के महाकाव्य का दी दुरांते का प्रेरित प्रतिपादन और वर्णन इन फिल्मों में जीवंत हो जाता है। दर्शक दांते और वर्जिल के साथ नरक के अलग-अलग घेरों की यात्रा करता है और उसके सामने प्रस्तुत होता है दांते द्वारा पापियों के दंड का विस्तार व्याजोक्तिरूप विवरण का भव्य दर्शन। सजीव पात्रों के साथ चलते हुए हमें आज्ञा मिलती है सदा के लिए शापित नरकवासियों की दुनिया की एक काली यात्रा में दृश्यरतिक बनने की। अब उपर्युक्त बताई गयी फिल्मों में दर्शायी गयी दी दुरांते की प्रेरित कला इस पुस्तक में है ।

दांते अलीगिहरी की श्रेष्ठ कृति डिवाइन कॉमेडी के पहले भाग को सजीव करने के अद्भुत कार्य में डीनो दी दुरांते ने पूरे प्रयास किये हैं । विभिन्न फ़िल्मी रूपांतरों से लेकर इस किताब तक कोई मना नहीं कर सकता की यह एक प्यार भरा श्रम रहा है ।

पृष्ठ बदलें और आनंद लें!

आर्मंड मास्ट्रोयानी
फिल्म निर्देशक / निर्माता

Dino Di Durante

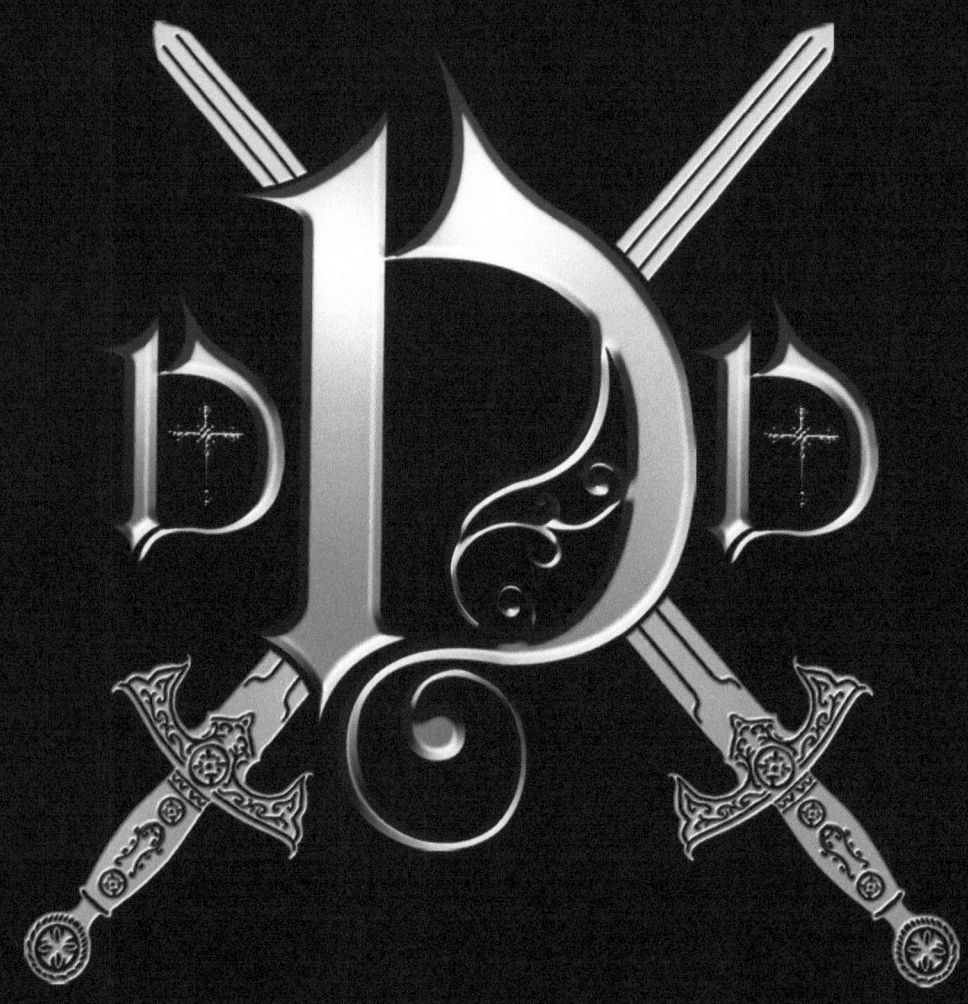

प्रस्तावना

जब मैं छह साल का था तब मैंने वाटर कलर से पेंटिंग बनानी शुरू कर दी थी पर बहुत जल्द मैंने टेम्पेरे इस्तेमाल करना शुरू कर दिया क्यूंकि जो नियंत्रण इस प्रकार का पेंट प्रदान करता था वह मुझे पसंद था। मैं लकड़ी पर डिज़नी पात्रों को पेंट करता था क्यूंकि मुझे वो मुफ्त में मिल जाता था। कुछ सालों बाद, मैंने पेंटिंग करनी छोड़ दी और संगीत, फोटोग्राफी, इत्यादि में घुस गया। कॉलेज के बाद मैंने फिर से ब्रश उठाया, इस बार ऐक्रेलिक पेंट को कैनवास पे इस्तेमाल करते हुए, अपनी शैली फ्री स्टाइल पेंटिंग अथवा अब्स्त्रक्त पेंटिंग में बदल दी।

दा डिवाइन कॉमेडी एक ऐसी किताब थी जिसके बारे में मेरे परिवार वाले अक्सर बात और चर्चा करते थे। मैंने तब तक इंतज़ार किया जब तक मुझे इसे "पढ़ने" का कॉलेज में मौका नहीं मिला, मैं उस समय यूनिवर्सिटी ऑफ़ कैलिफ़ोर्निया, लोस एंगेल्स (यूसीएलए) में इंजीनियरिंग का छात्र था। इतालवी साहित्य में एक मामूली डिग्री के साथ मैंने विज्ञान में पढ़ाई समाप्त की। हालांकि जब मैं यूसीएलए में पहली बार आया था मैं इंजीनियरिंग क्लासेज नहीं लेता था। इसके बजाय मैं सीधा चला जाता था दा डिवाइन कॉमेडी की पढ़ाई में दाखिला लेने के द्वारा सामान्य आवश्यकताएं पूरा करने के लिए, और बाद में दांते अलीगहरी का कार्य समाप्त करने के लिए। यह कॉलेज का सबसे आनंदमय अनुभव था। दा डिवाइन कॉमेडी ने कई मायनों से मेरी जिंदगी बदली। जिस तरह से दांते का हाथ मुझे मौत के आगे की जिंदगी में लेजाया गया था मैं पूरी तरह से रोमांचित हो गया था। हालांकि कहानी की कल्पना करने में मुझे बहुत कठिनाई हुई और जब मैं गुस्तावे दोरे के चित्र इस्तेमाल करता था अपनी पढ़ाई के दौरान वे बहुत कंफ्यूज कर देते थे। मुझे पुस्तकालय में भी कुछ नहीं मिल पाता था और इंटरनेट भी उस समय नहीं था।

कई सालों बाद मैंने दांते के इन्फर्नो के ऊपर एक ग्राफ़िक पत्रिका श्रृंखला बनानी शुरू कर दी। इस प्रक्रिया के दौरान एक ही विषय पर आधारित इन्फर्नो बाई दांते नामक एक फिल्म पर मुझे काम करने का मौका मिला। कुछ शोध करने के बाद मुझे एहसास हुआ कि फिल्म को ठीक से बनाने के लिए सार्वजनिक स्थर में पर्याप्त विसुअल आर्ट नहीं है। मैंने क्रम बदलने का निर्णय लिया, पत्रिका श्रृंखला बंद करी और एक नयी यात्रा शुरू कर नरक की, घेरों से घेरों तक शुरुआत (कला वन) से अंत (यत्न के सितारे) तक।

जब डांटोलॉजिस्ट रिकार्डो प्रतिसी ने मेरे काम में कई गलतियां उजागर की तब सांद्रो बोत्तिसेल्ली ,जिन्होंने दा डिवाइन कॉमेडी की १४८० के सालों में सही सही व्याख्या की थी, बल से मेरे मार्गदर्शक बन गए। उन्होंने मुझे मेरी कई गलतियों का अवध्यान कराया जिन को सही करना जरुरी था अगर आप प्रिंट और फिल्म दोनों के लिए दांते की इन्फर्नो की एक गंभीर व्याख्या देना चाहते हैं तो। जब रिकार्डो ने मुझे उनकी मुफ्त सेवा का प्रस्ताव दिया, जो दांते को उतना ही प्रेम करते हैं जितना की मैं, तो मैं इस अवसर पर कूद पड़ा। रिकार्डो का मेरी टीम का हिस्सा बनने से पहले ही मैं अवेटिक बलयान के साथ काम कर रहा था, जिन्होंने मुझे द्रश्य के डिज़ाइन और ऐस पेंटिंग्स में सुधार लाने में मदद करी जो की दुनिया ने पहले कभी नहीं देखीं गयीं हैं। सभी विवरण, गहरे रंग और सटीक निरूपण, को प्राप्त करने के लिए रिकार्डो और अवेटिक और साथ ही साथ सांद्रो बोत्टेसेल्ली के चित्रों को धन्यवाद।

Dino Di Durante

स्वीकृतियां

कृतज्ञता प्रकट करने के लिए इतने लोग हैं कि ये पन्ना काफी नहीं होगा, माप में ही नही अपितु शब्दो मे भी।

दा डिवाइन कॉमेडी को पूरी दुनिया के साथ बाँटने के अद्भुत नियोग मुझे प्रदान करने के लिए मैं प्रथम भगवान को धन्यवाद करना चाहूंगा ।

दांते अलीगिहरी को, जिन्होंने मुझे जगाया, असली दुनिया दिखाई और खुद को और मुझे दिए गए नियोग को ढूंढने का रास्ता दिखाया

मेरी प्यारी लुसिया को, जिन्हे मैंने अपना पूरा काम समर्पित किया है, और उनके बशर्ते प्रेम, सहयोग और ज्योति जो उन्होंने मुझे अपने जीवन में दी है, उसके लिए शुक्रगुजार हूं ।

मेरी माँ को, उनके बशर्ते प्रेम और समर्थन के लिए जो मुझे छह साल की उम्र में पेंटिंग करनी शुरू करने से लेकर मिल रहा है।

कार्लोस को, जिन्होंने शुरुआत में राह बनाई ताकि मैं अपने जीवन का नियोग पूरा कर सकूँ।

विशेष रूप से, रिकार्डो प्रतिसी को, जिनके बिना दांते के इन्फर्नो की ये दृश्य व्याख्या अपरिशुद्ध होती ।

मेरे दोस्त और फ़िल्म निर्देशक अर्मांड मास्ट्रोयानीको, जिन्होंने न ही सिर्फ इस किताब की प्रस्तावना लिखी अपितु अपनी प्रतिक्रिया देने के लिए हमेशा उपलब्ध रहे ।

प्रोफ़ेसर मसीमो सिओवोलेला को जो मेरे काम के एक प्रारंभिक प्रशंसक थे, युसीएलए (युनिवर्सिटी ऑफ़ कैलिफ़ोर्निया, लोस एंजिल्स) में इतालवी विभाग के दरवाजे हमेशा खुले रखने के लिए। इसके अलावा, यूनिवर्सिटी ऑफ़ रोम "ला सपीनजा " रोम, इटली में मेरे काम का हिस्सा पेश करने के लिए।

पाब्लो अचगैरी को, मेरे काम में विश्वास करने के लिए, और प्रचर समर रिज़ॉर्ट पनटा डेल ऐसटे - उरुग्वे में अपनी अत्यधिक प्रतिष्ठित फाउंडेशन के दरवाजे खोलने के लिए, ताकि मैं अपनी ५० कलाकृतियों के संग्रह को २०११ में पहली बार प्रस्तुत कर पाऊं ।

मेरे प्रिय दोस्त जैफ़ कोनावे को, जो की एक प्रारंभिक प्रशंसक थे और लम्बा और थकाऊ कार्य होने के बावजूद भी मुझे ये करने के लिए प्रोत्साहित किया ।

सभी पेशेवरों को जिन्होंने इस पुस्तक का समर्थन किया, और क्रम में अपना नाम लिखा ताकि दूसरे भी मेरे कार्य के बारे में जानने के लिए प्रोत्साहित हो ।

अनुपमा शर्मा, मैनेजर ऑफ़ माफाई को, इस पुस्तक का हिंदी में अनुवाद करने के लिए ।

अंत में, परन्तु किसी भी प्रकार से कम नहीं, मैं न सिर्फ अपने सहयोगियों को बल्कि उस हर एक व्यक्ति को जो मेरी इस यात्रा का एक हिस्सा बना हो, उन्हें धन्यवाद करता हूं ।

Dino Di Durante

परिचय

दांते की इन्फर्नो के कला संग्रह का पहला प्रदर्शन जनअरी १२ से फेब्रुअरी २८, २०११ तक प्राब्लो अचुगैरी फाउंडेशन में प्रगतीशील कार्य के रूप में प्रचर समर रिज़ॉर्ट पनटा ईल ऐसटे - उरुग्वे में हुआ था। उस समय, संग्रह पूर्ण नहीं हुआ था और केवल ५० कलाकृत्तियां प्रदर्शित की गई थीं।

कुछ साल बाद कॉमिक कोन, सैन डीयेगो में मुझे पूर्णतः समाप्त संग्रह को प्रस्तुत करने का मौका मिला। दांते के इन्फर्नो के पूरे ७२ कलाकृतियों के संग्रह को बनाने में २००७ के शुरुआत से २०१४ के आखिरी तक सात वर्षों से ज्यादा लग गए। प्रत्येक चित्रण के ५० से अधिक संस्करण हैं, कुछ के तो १०० से भी ज्यादा संस्करण हैं, लेकिन केवल एक अंतिम चित्र है।

इस किताब में छपी हर एक पेंटिंग के नीचे दिए गए संक्षिप्त विवरण के साथ आप कहानी का आसानी से अनुसरण कर सकते हैं। इसके अलावा, प्रत्येक चित्र के नीचे दिए गए क्यु आर कोड, जो की आप स्मार्ट फोन या टेबलेट से स्कैन कर सकते हैं, इस जटिल कहानी को समझने में और भी लाभकारी साबित होंगे। जब आप पीले क्यु आर कोड को स्कैन करेंगे, इन्फर्नो के हमारे ऑनलाइन निःशुल्क ई बुक संस्करण में उस विशेष अंश का पाठ पढ़ सकेंगे। जब आप सिल्वर क्यु आर कोड स्कैन करेंगे, वह आपको विभिन्न आकारों और मीडिया में उस विशेष चित्र को खरीदने का विकल्प देगा।

इस शिक्षाप्रद और अत्यधिक जटिल कहानी को आपके दवारा आसानी से समझे जाने के लिए मैंने बहुत मेहनत करी है। इस किताब को सिद्ध करने के लिए, मैंने खुद को नरक में इस तरह से स्थित किया, मानो जैसे मुझे ३६० डिग्री का दर्शन हो रहा हो और मैंने उसकी कल्पना करी और रूप दिया इस कला संग्रह में जो की आप देखने वाले हैं। अब आपको मेरा न्यायाधीश बनने का अवसर प्रदान हुआ है और आप मुझे बता सकते हैं की मैंने ये लक्ष्य पूरी तरह से प्राप्त किया है या नहीं।

दांते अलीगिहरी ने अपनी साहित्यिक कृति, डिवाइन कॉमेडी लिखी थी ताकि हम अपने जीवन के - अतीत, वर्तमान और भविष्य के बारे में जान सकें। अब जैसा कि मैं अपने इस लम्बे परन्तु शिक्षाप्रद अनुभव के अंत में आ गया हूँ मैं यह आशा करता हूँ कि मेरा कार्य दांते के साथ न्याय करेगा और दृश्यों के रूप में उनका सन्देश आप तक पहुंचाएगा जिससे कि आप भी अपने जीवन का उद्देश्य ढूंढ सकें।

भगवान तुम्हारी रक्षा करें!

Dino Di Durante

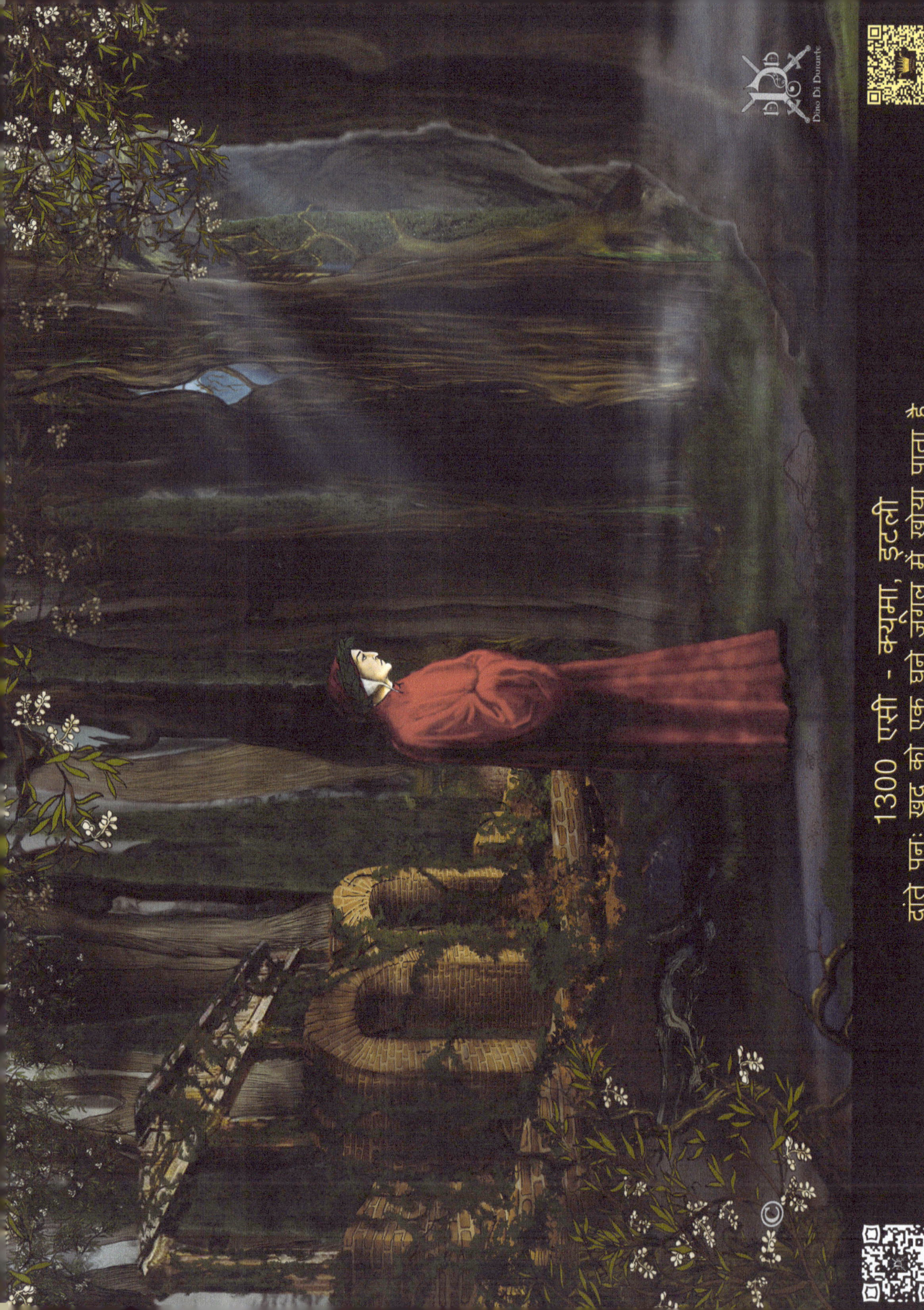

1300 एसी - क्यूमा, इटली
दांते पुनः खुद को एक घने जंगल में खोया पाता है

पहला जंगली जानवर

दांते का पथ एक बनबिलाव द्वारा अवरुद्ध कर दिया गया है

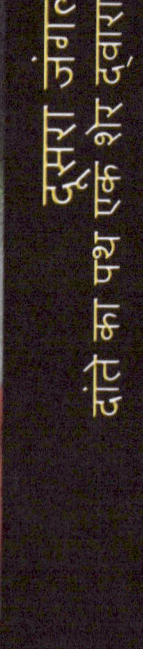

दूसरा जंगली जानवर

दांते का पथ एक शेर द्वारा अवरुद्ध कर दिया गया है

तीसरा जंगली जानवर

दांते का पथ एक भेड़िनी द्वारा अवरुद्ध कर दिया गया है

दांते वर्जिल को गले लगाता है

दांते अपने नायक की उपस्थिति से हैरान हो जाता है

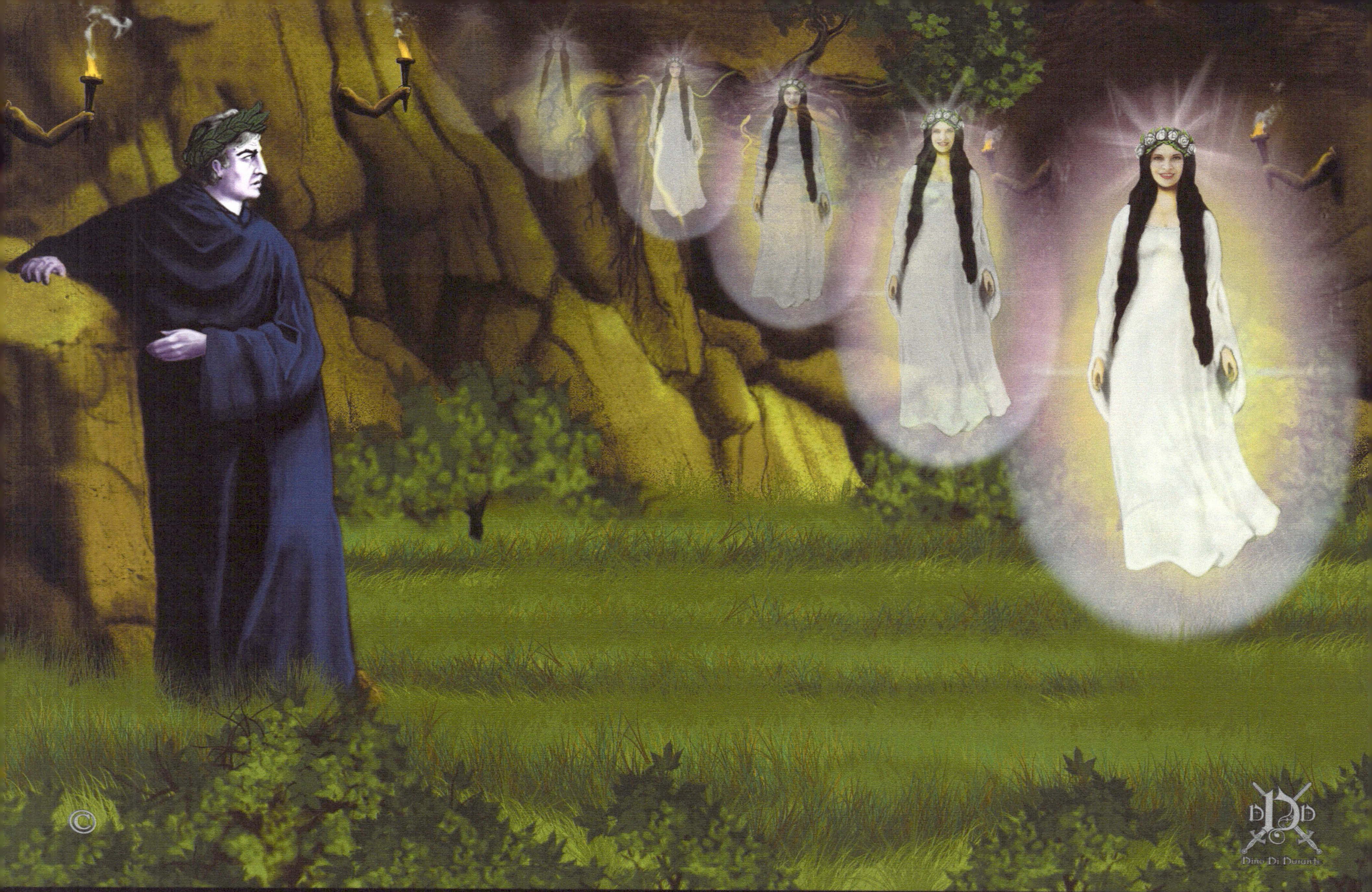

बीट्राइस स्वर्ग से लिम्बो में उतरते हैं
वर्जिल विस्मयता से देखते हैं

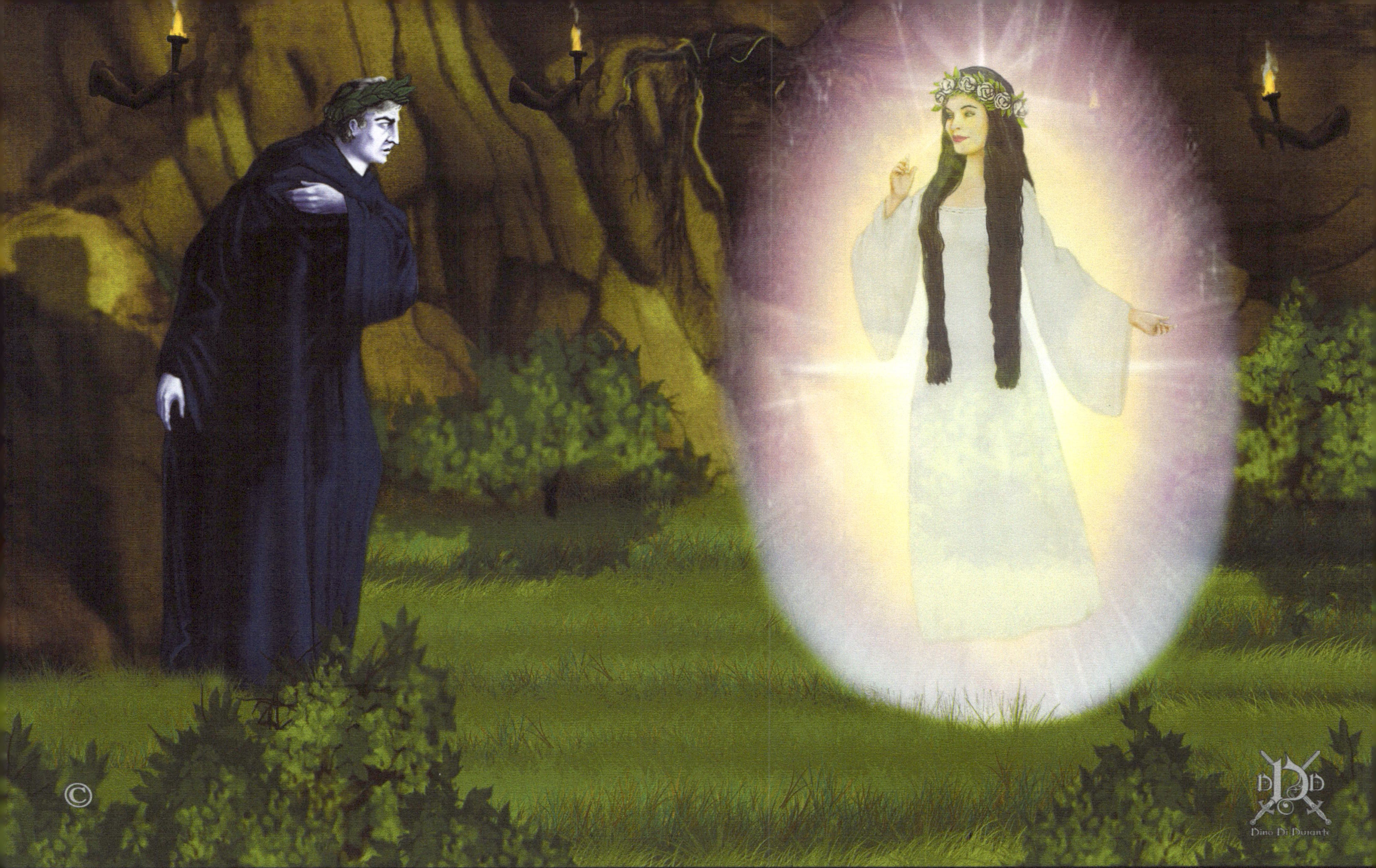

बीट्राइस आंशिक रूप से लिम्बो में प्रकट हो जाते हैं
वर्जिल बीट्राइस के सामने सर झुकाते हैं

वर्जिल का नियोग

बौद्धिस्म वर्जिल को दांते का नरक एवं स्वर्ग की यात्रा के दौरान मार्गदर्शन करने को कहते है

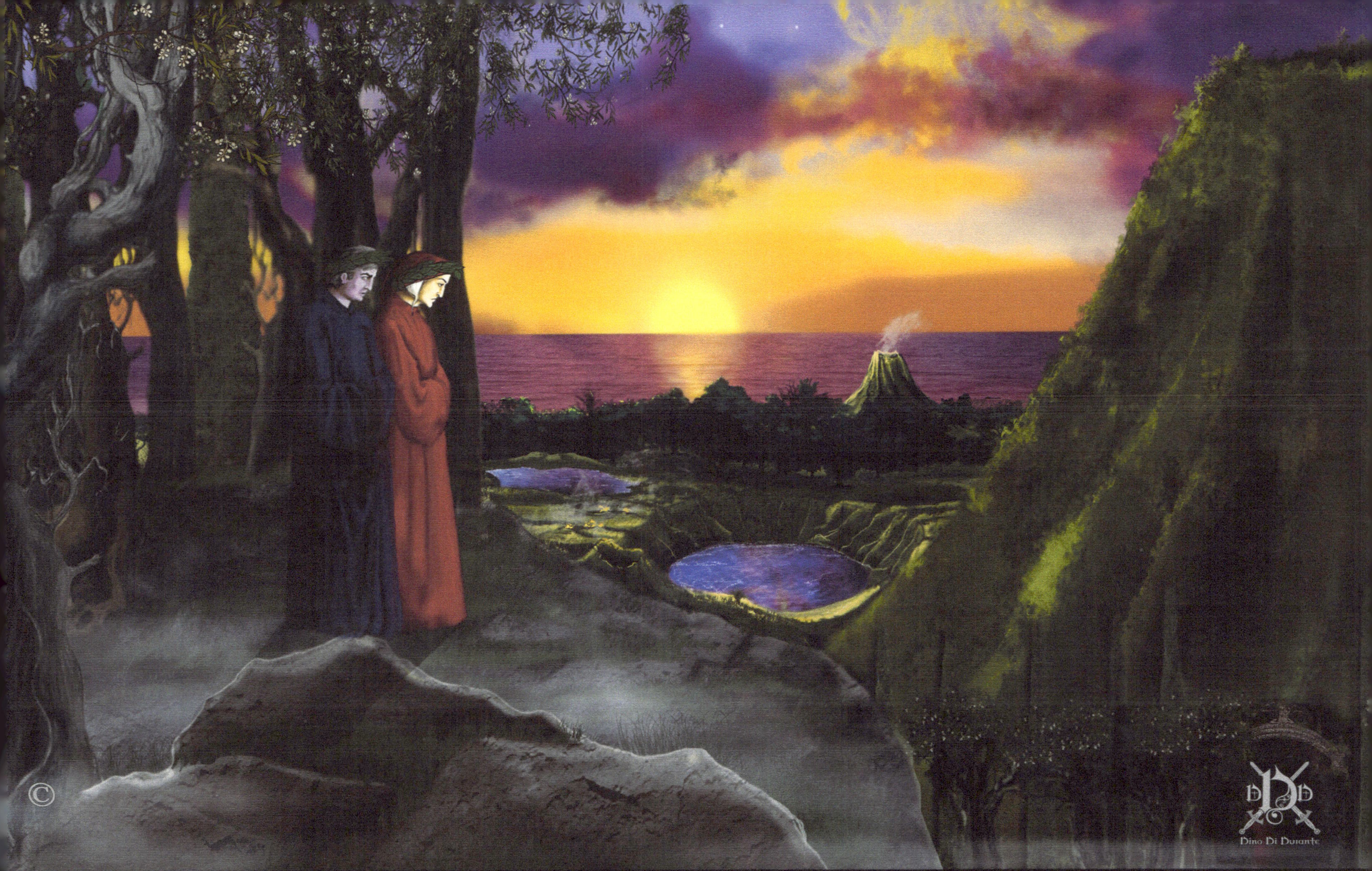

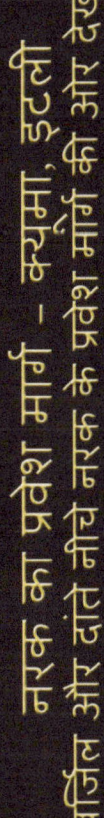

नरक का प्रवेश मार्ग - क्यूमा, इटली
वर्जिल और दांते नीचे नरक के प्रवेश मार्ग की ओर देखते हैं

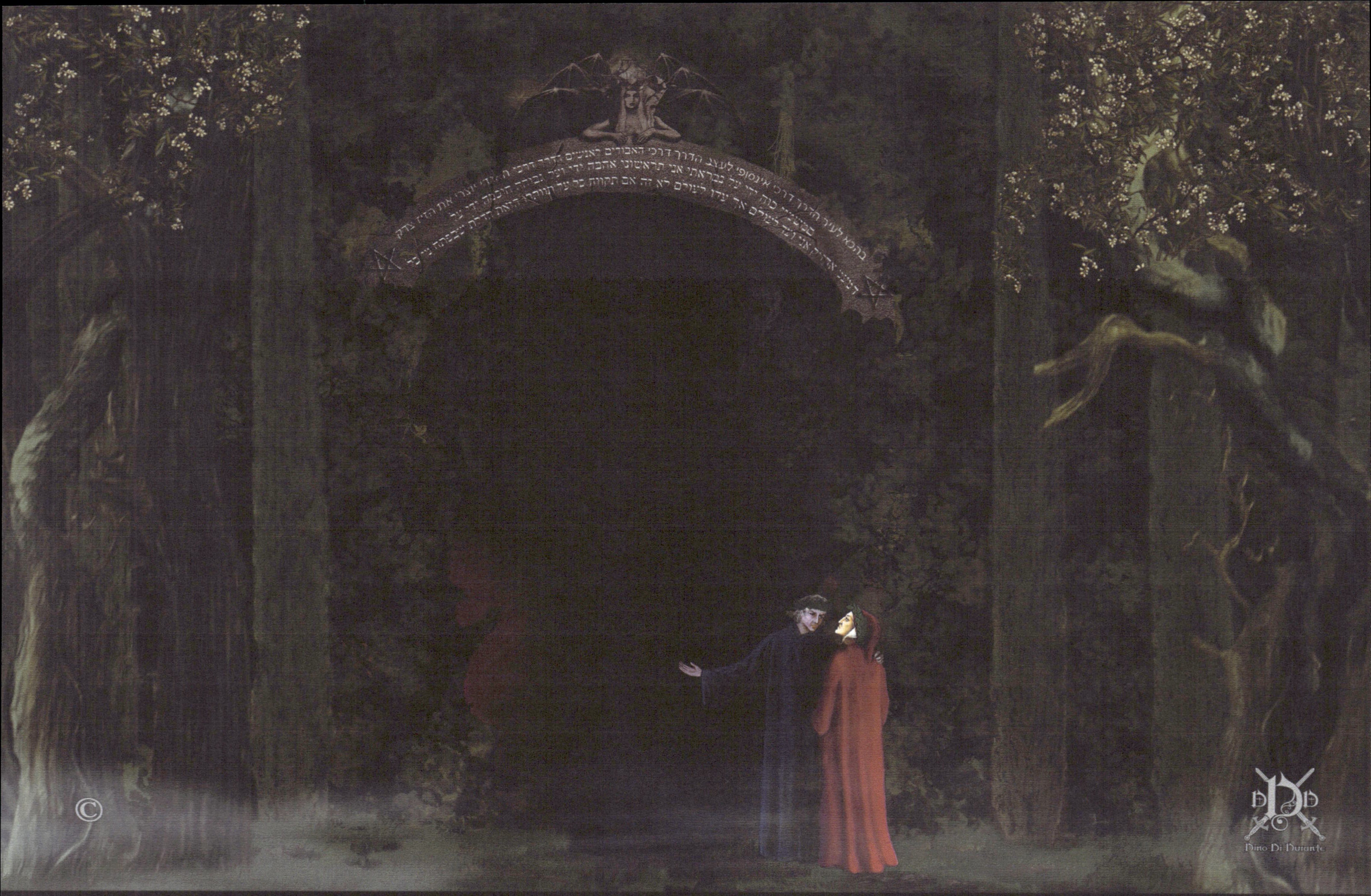

नर्क का दवार

प्रवेश द्वार के ऊपर हिब्रू में उल्लेखित: "मेरे माध्यम से ..."

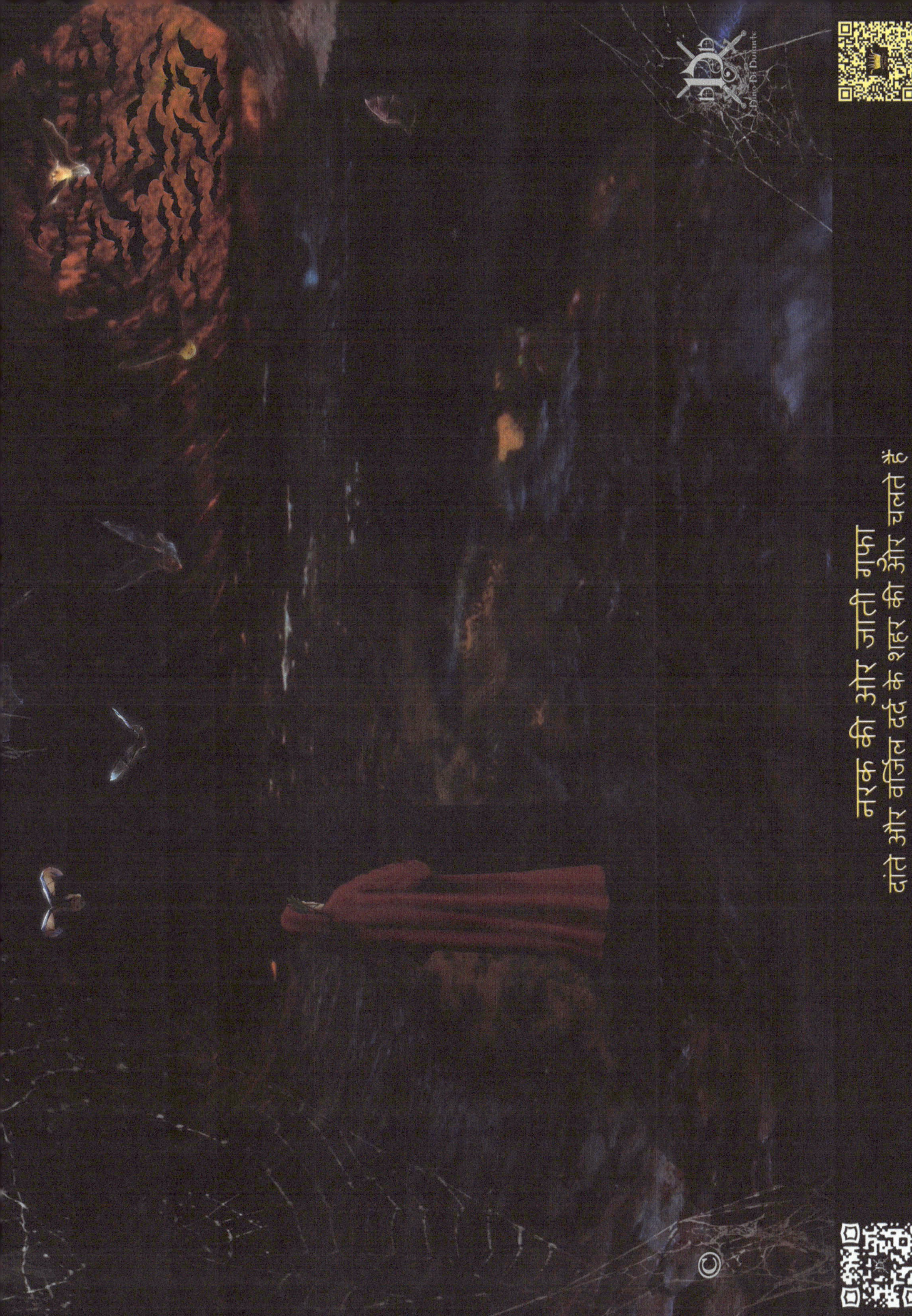

नरक की ओर जाती गुफा
दांते और वर्जिल दर्द के शहर की ओर चलते हैं

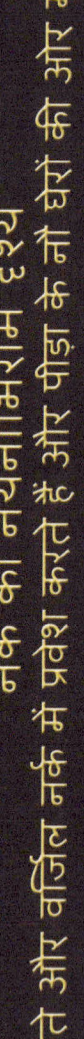

नर्क का नयनाभिराम दृश्य
दांते और वर्जिल नर्क में प्रवेश करते हैं और पीड़ा के नौ घेरों की ओर मुंह करते हैं

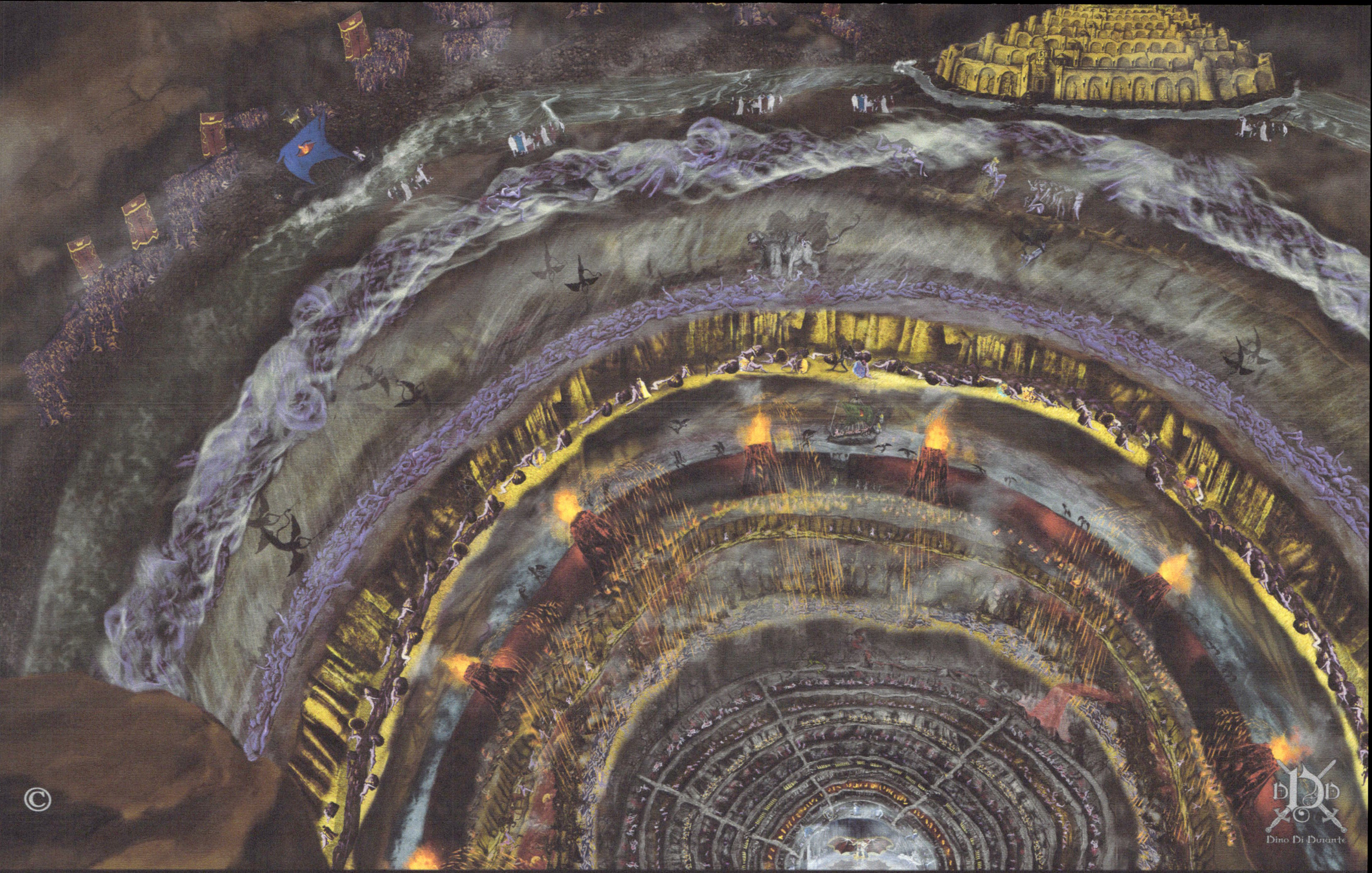

नर्क का आरेखा
नौ घेरे और इसके उप विभाजन

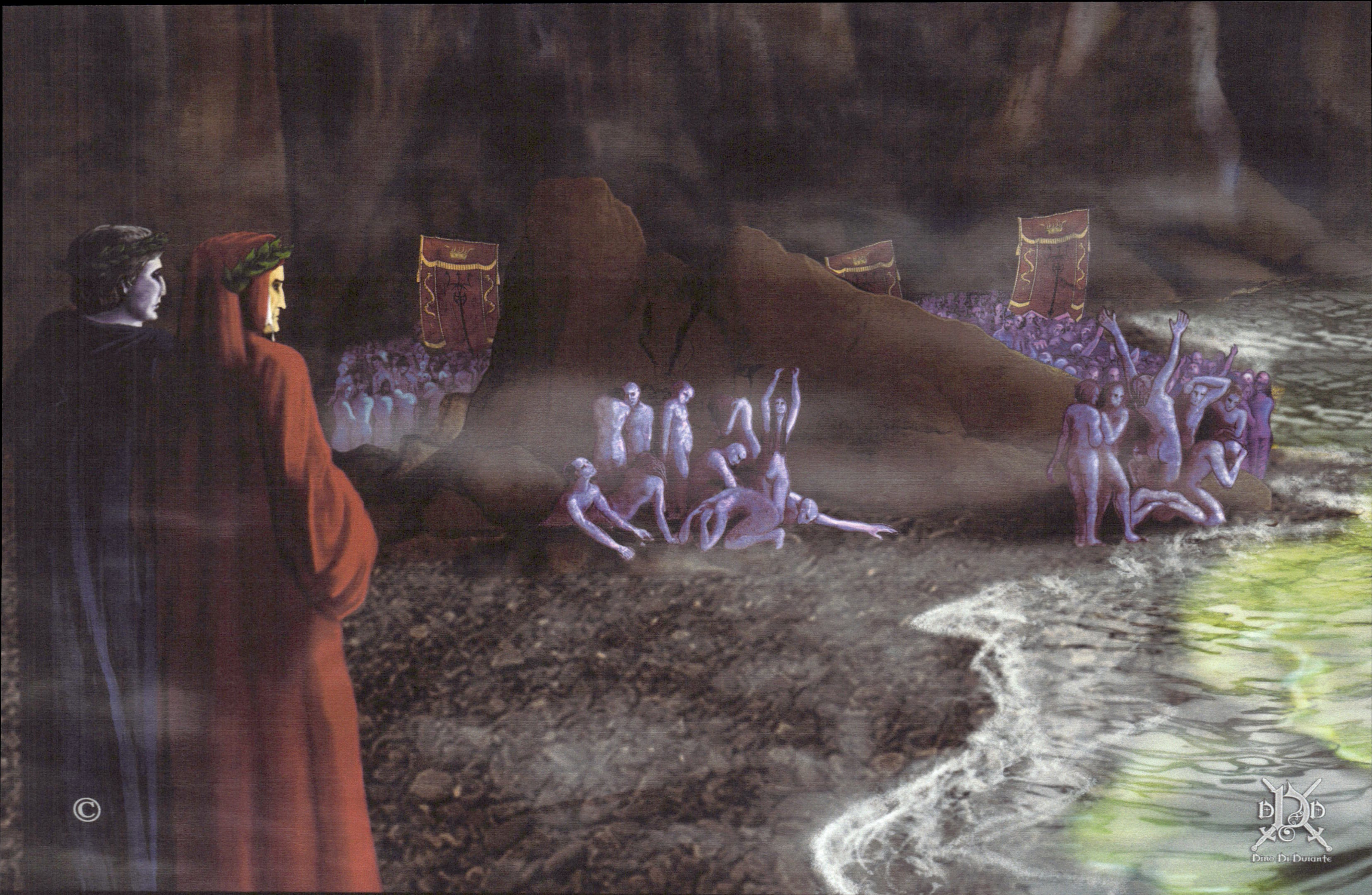

आलसी और आते हुए पापी
अचेरोन नदी के उस पार जाने को इंतजार कर रहे है

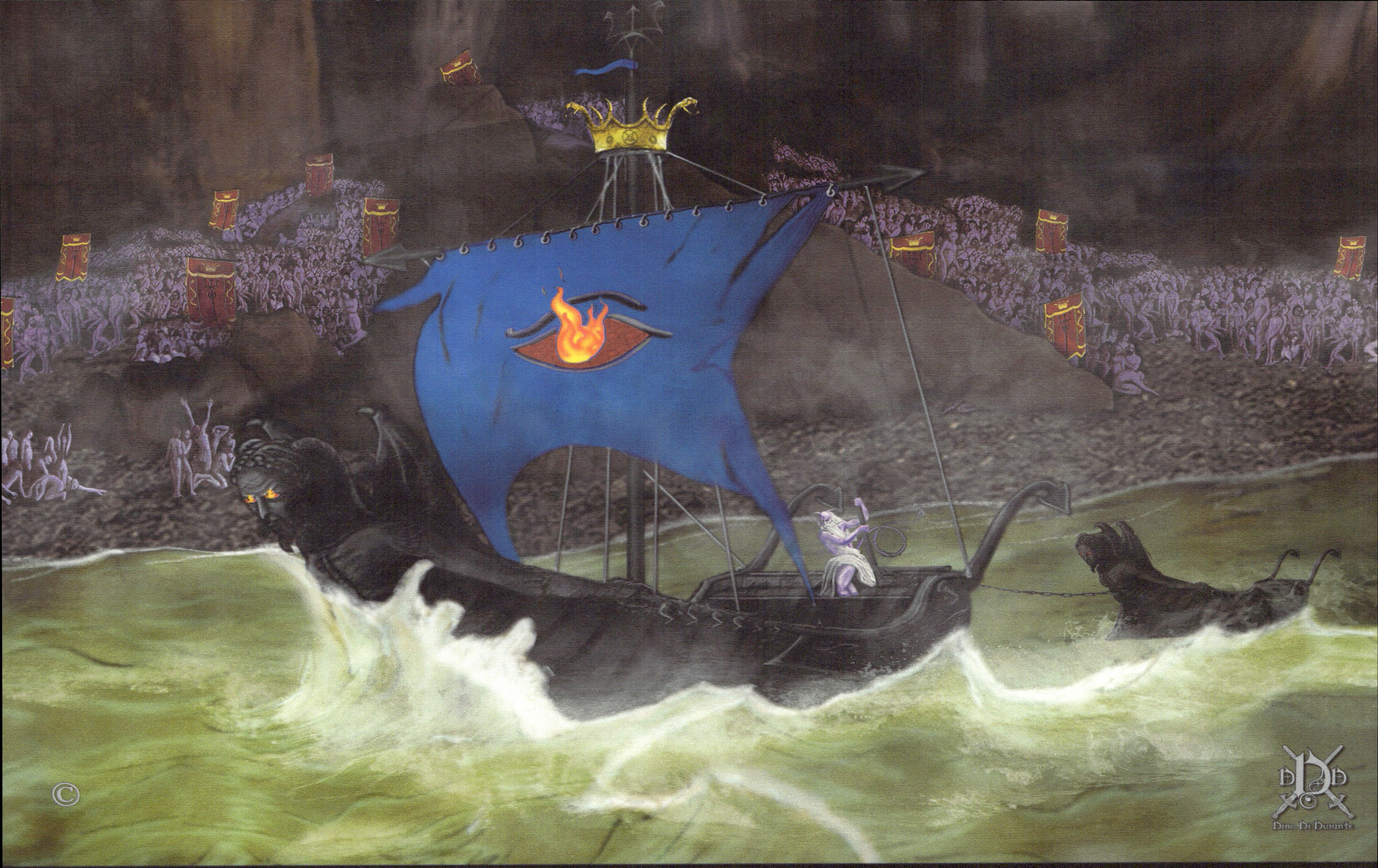

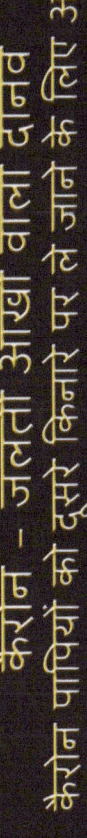

कैरोन - जलती आँखों वाला दानव
कैरोन पापियों को दूसरे किनारे पर ले जाने के लिए आता है

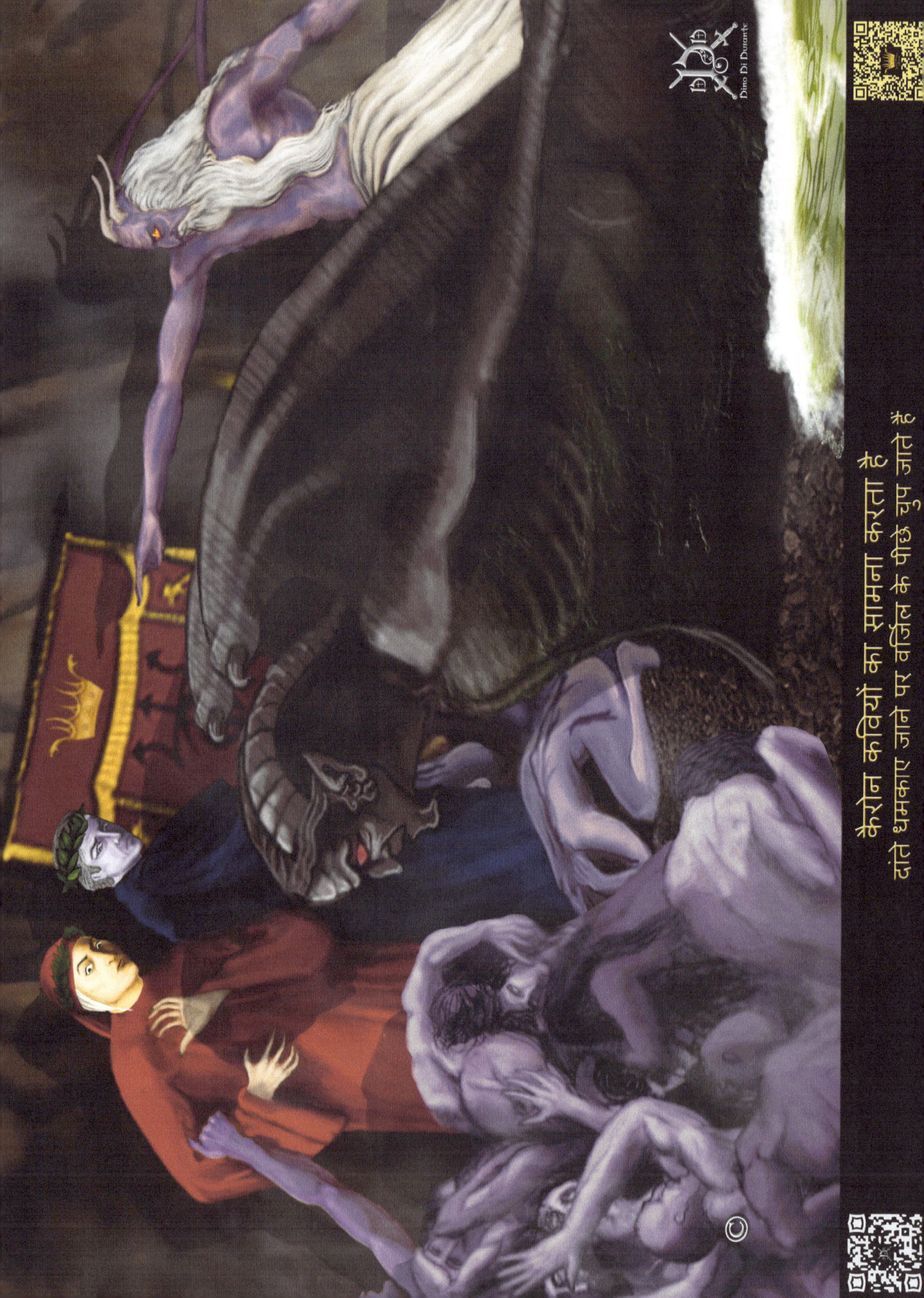

कैरोन कवियों का सामना करता है
दांते धमकाए जाने पर वर्जिल के पीछे चुप जाते हैं

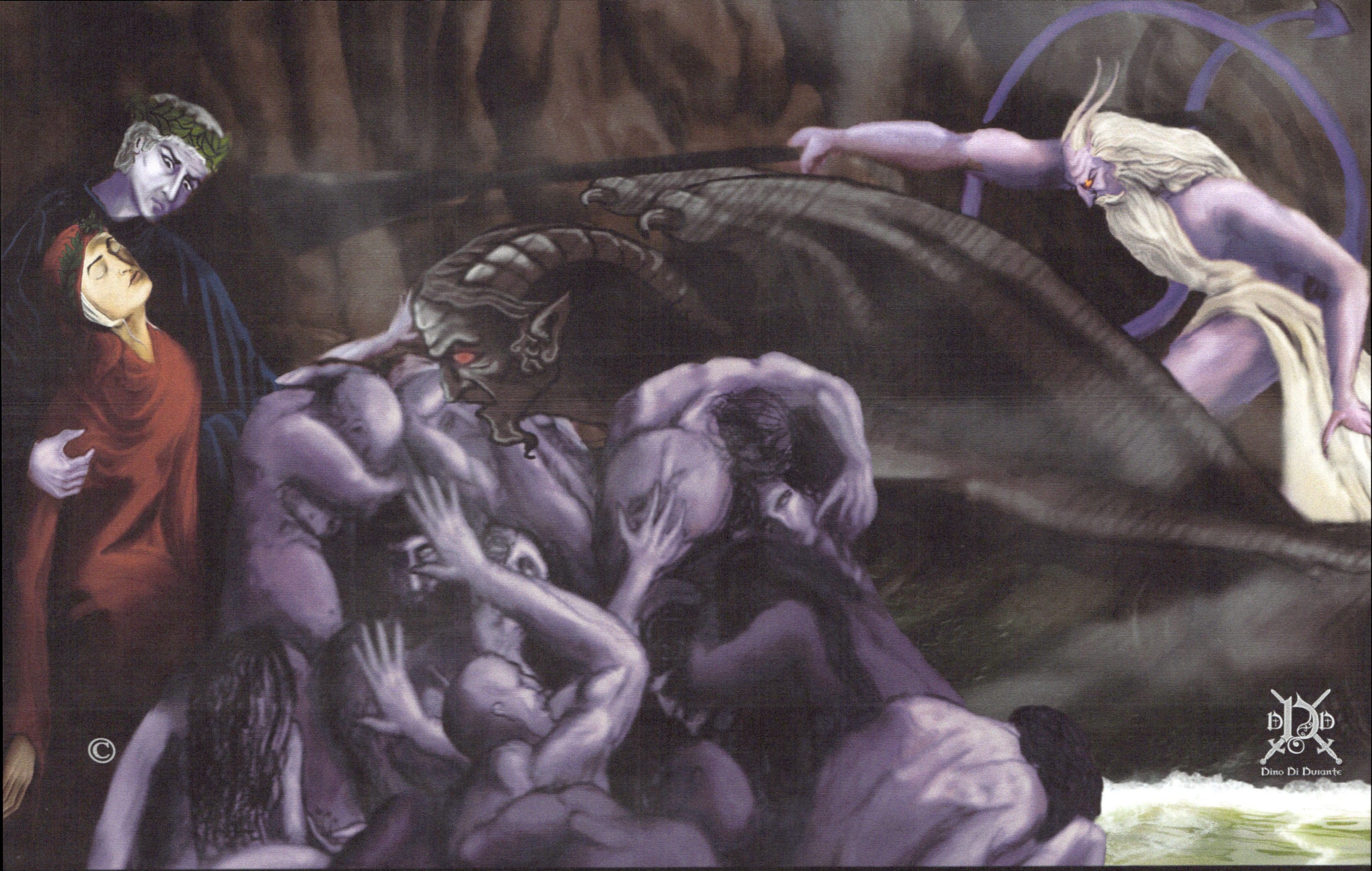

दांते बेहोश हो जाते हैं
कैरोन पापियों को पीटता है और दांते उनका दर्द नहीं देख सकते

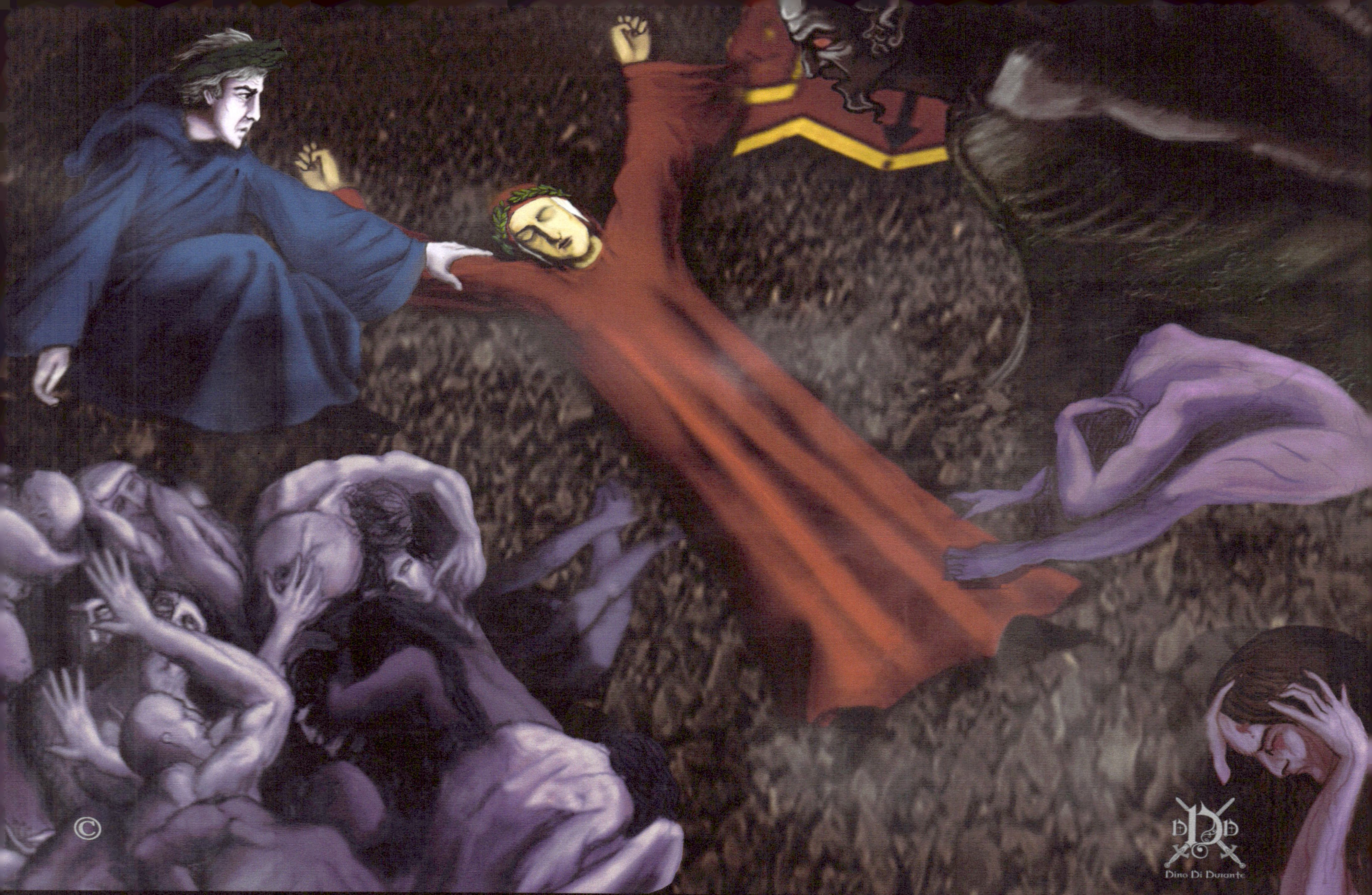

दांते गिर जाते हैं
वे वर्जिल के साथ पापियों से घिरे हुए हैं

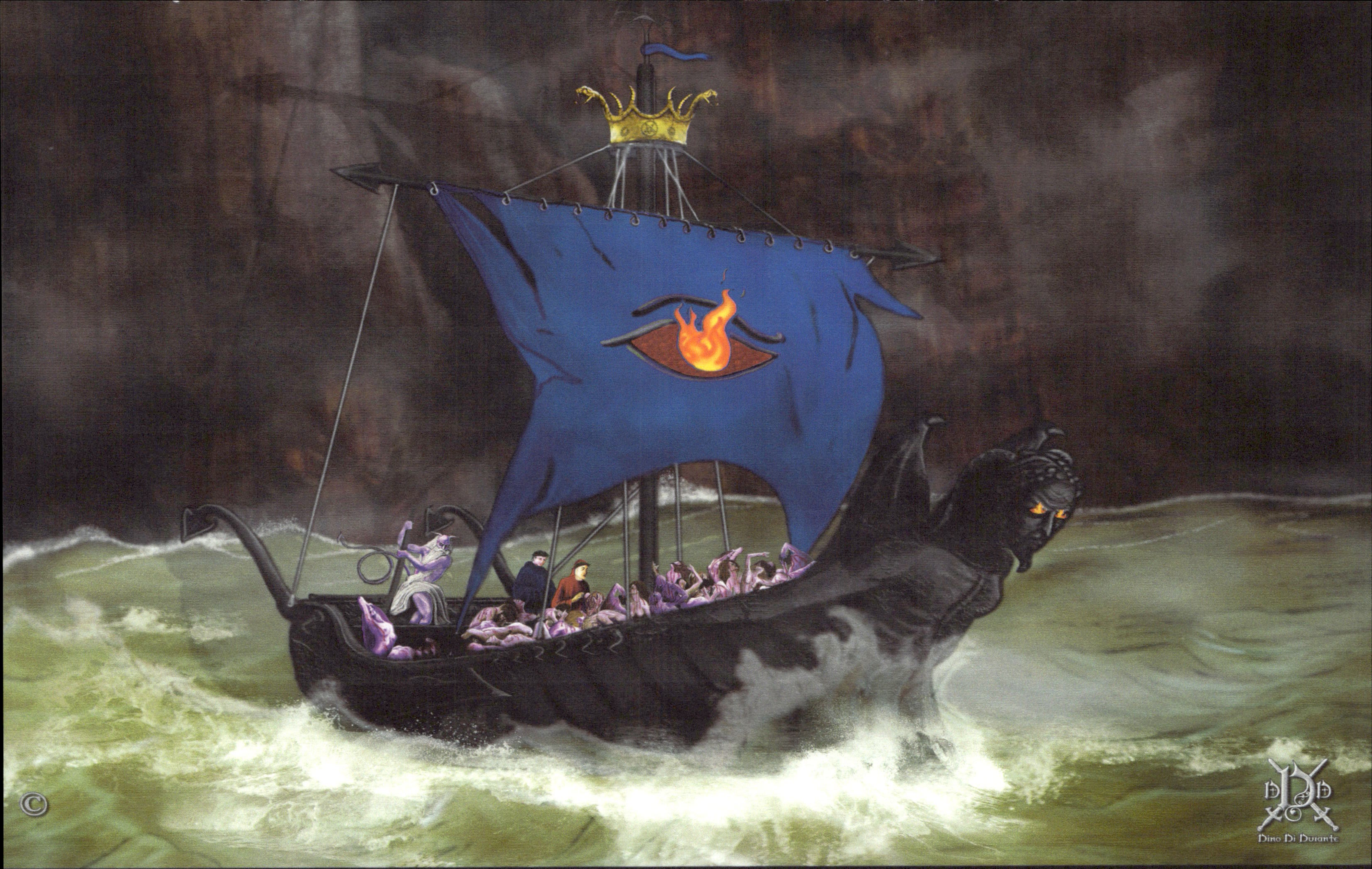

चेरोन नदी के उस पार
कैरोन दांते और वर्जिल को पापियों के साथ ले जाता है

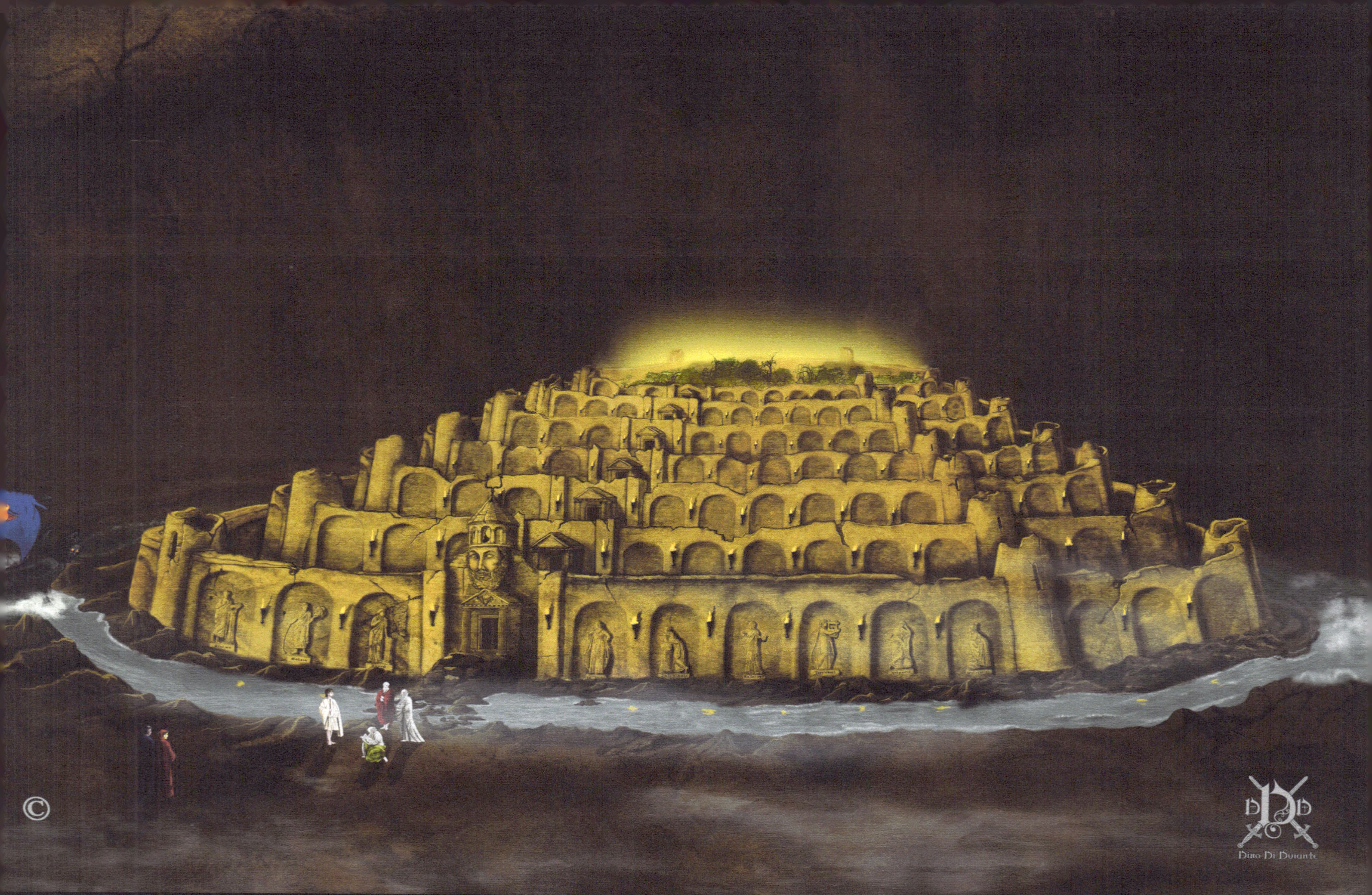

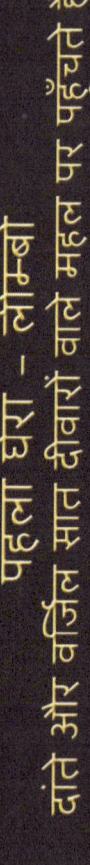

पहला घेरा - लीम्बो
दांते और वर्जिल सात दीवारों वाले महल पर पहुँचते हैं

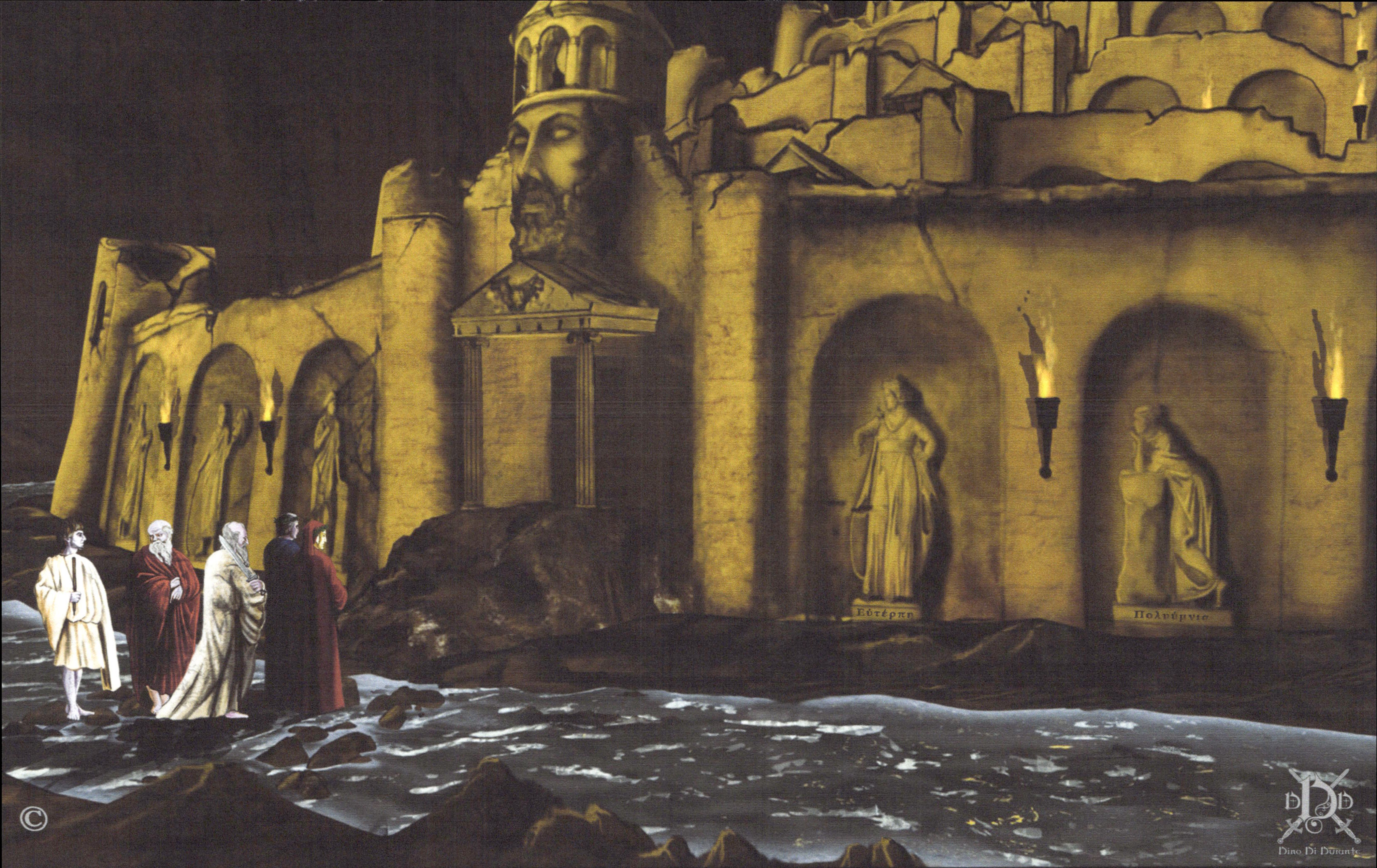

महान अनुरक्षण
दांते और वर्जिल होमर और अन्य कवियों के साथ महल में प्रवेश करते हैं

Τερψιχόρη

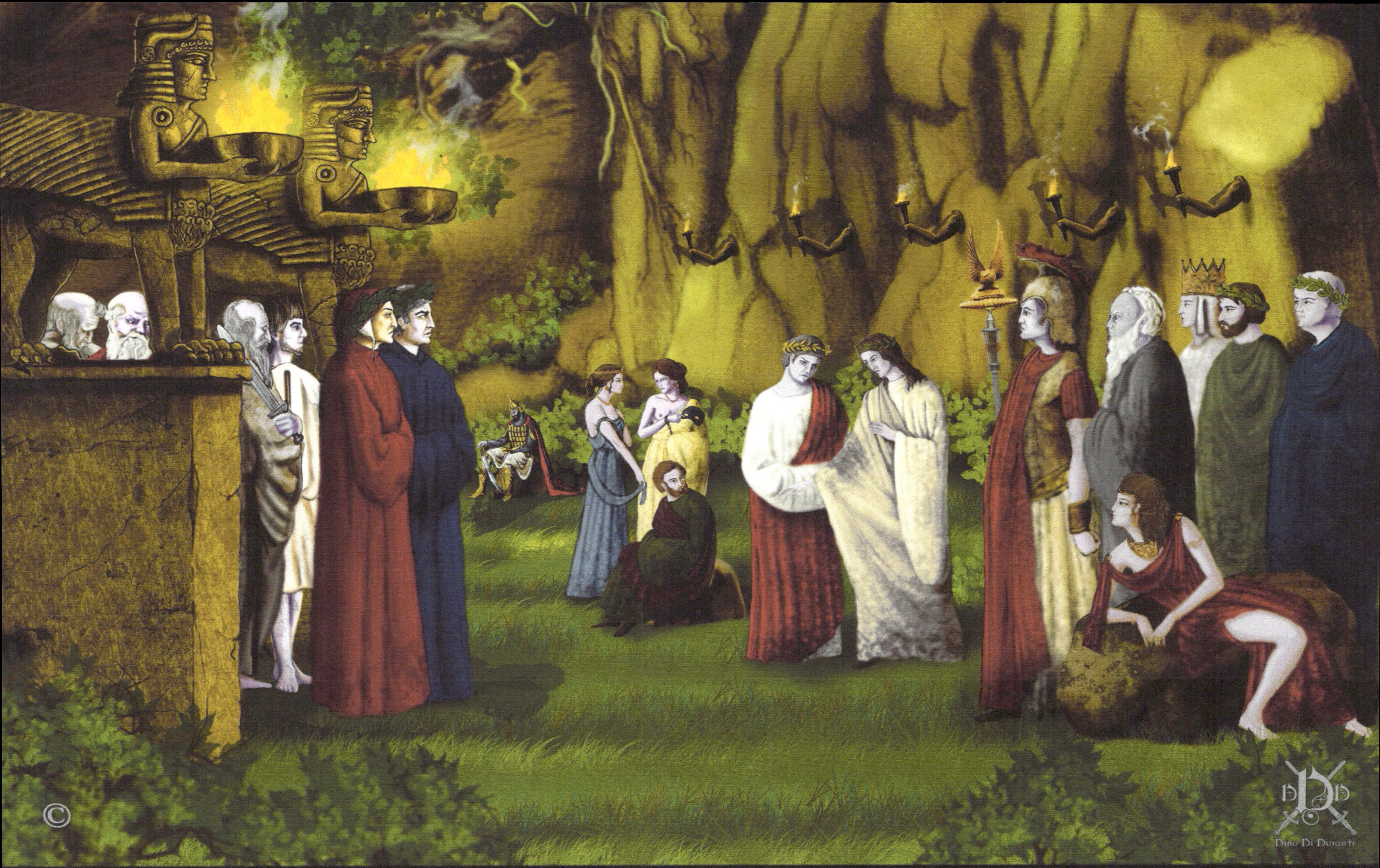

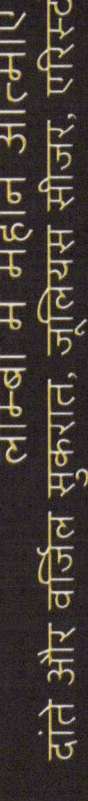

लीम्बो में महान आत्माएं
दांते और वर्जिल सुकरात, जूलियस सीजर, एरिस्टोटल से मिलते हैं...

विजेता

महान कमांडर जिसने पराजित क्रूसेडरों को माफ़ किया था

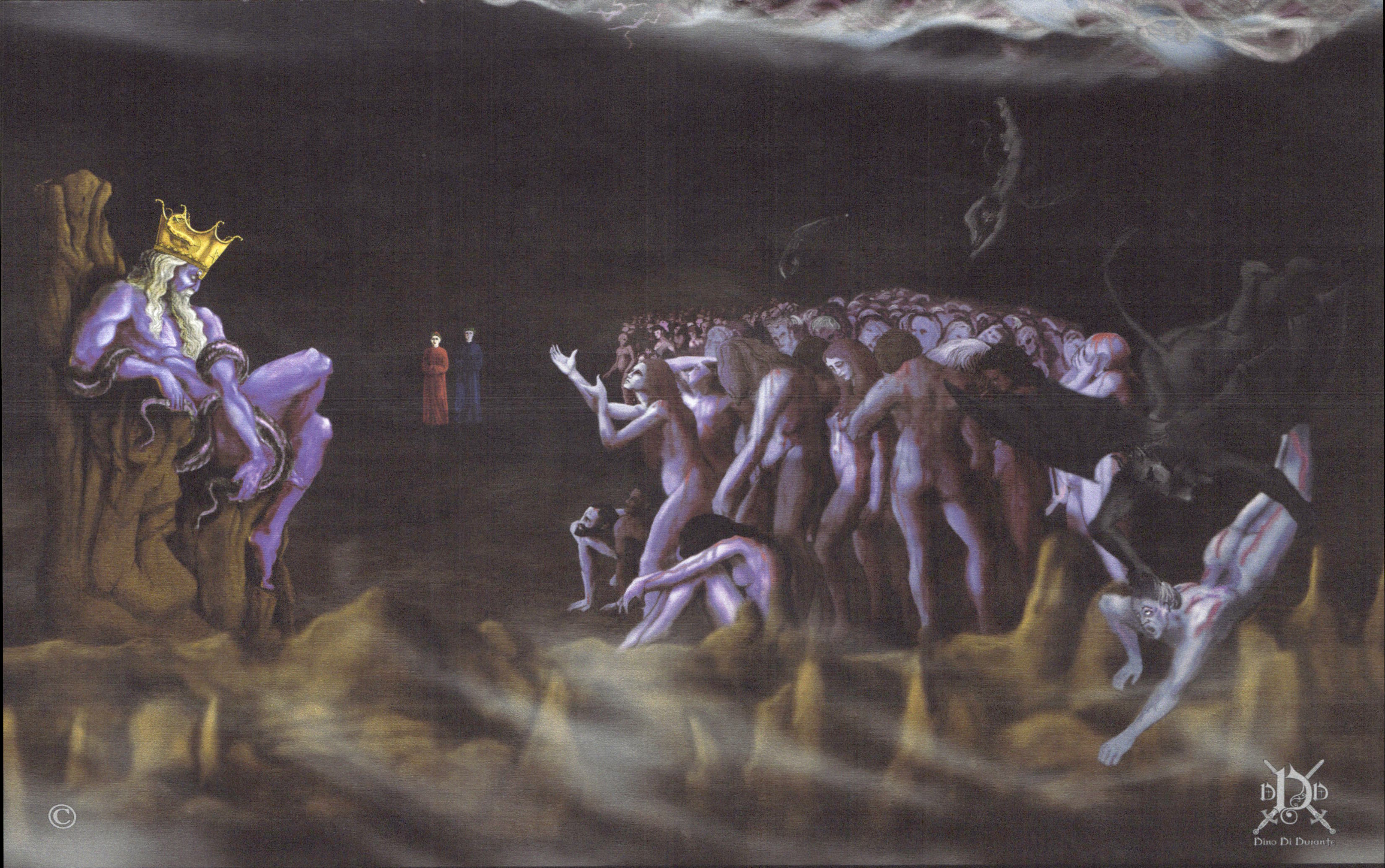

मीनोस - नर्क का न्यायाधिकारी
आने वाले पापियों को आँका जाता है और नियुक्त घेरों में भेजा जाता है

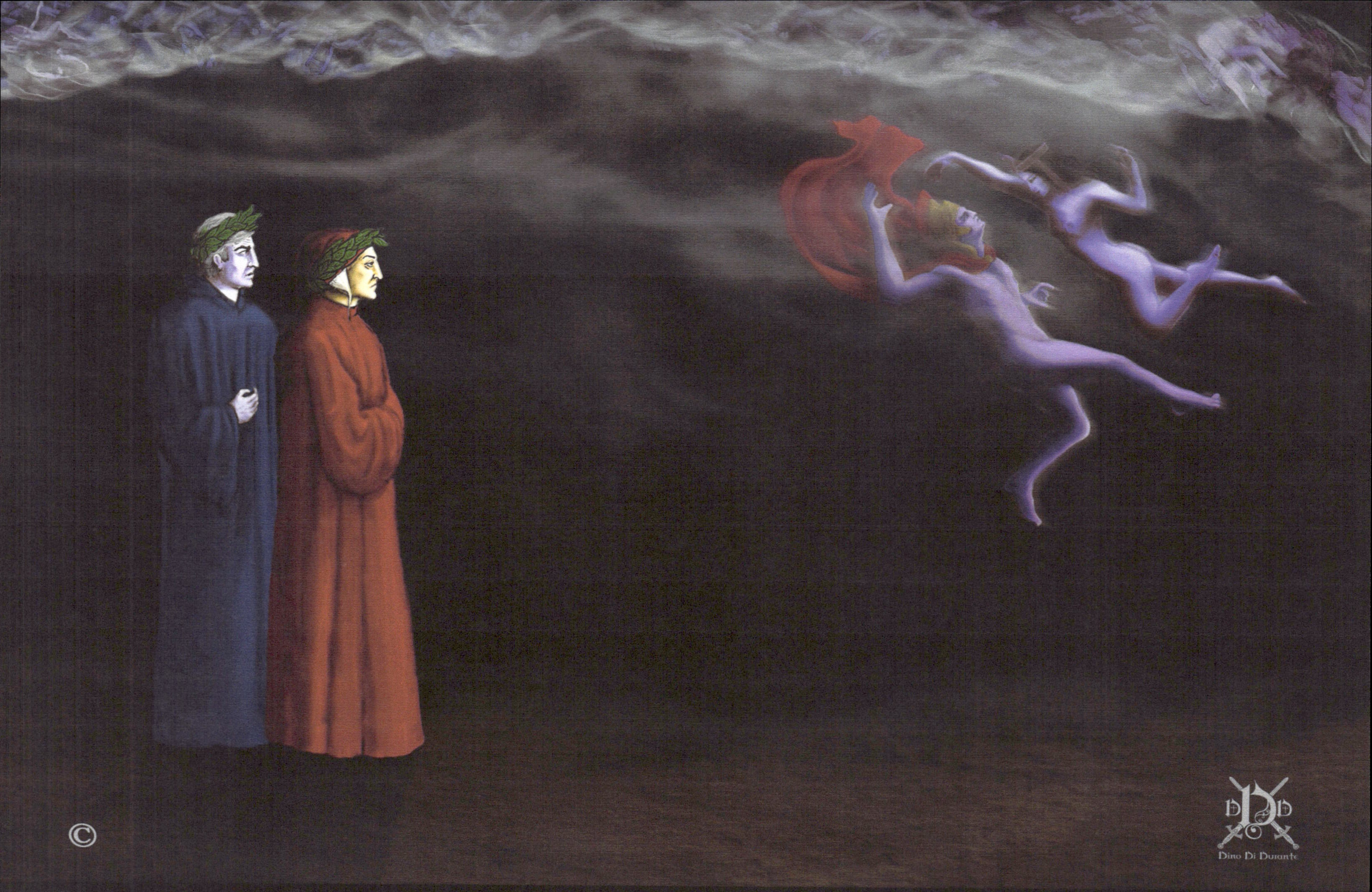

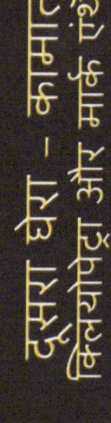

दूसरा घेरा - कामातुर
क्लियोपेट्रा और मार्क एंथौनी

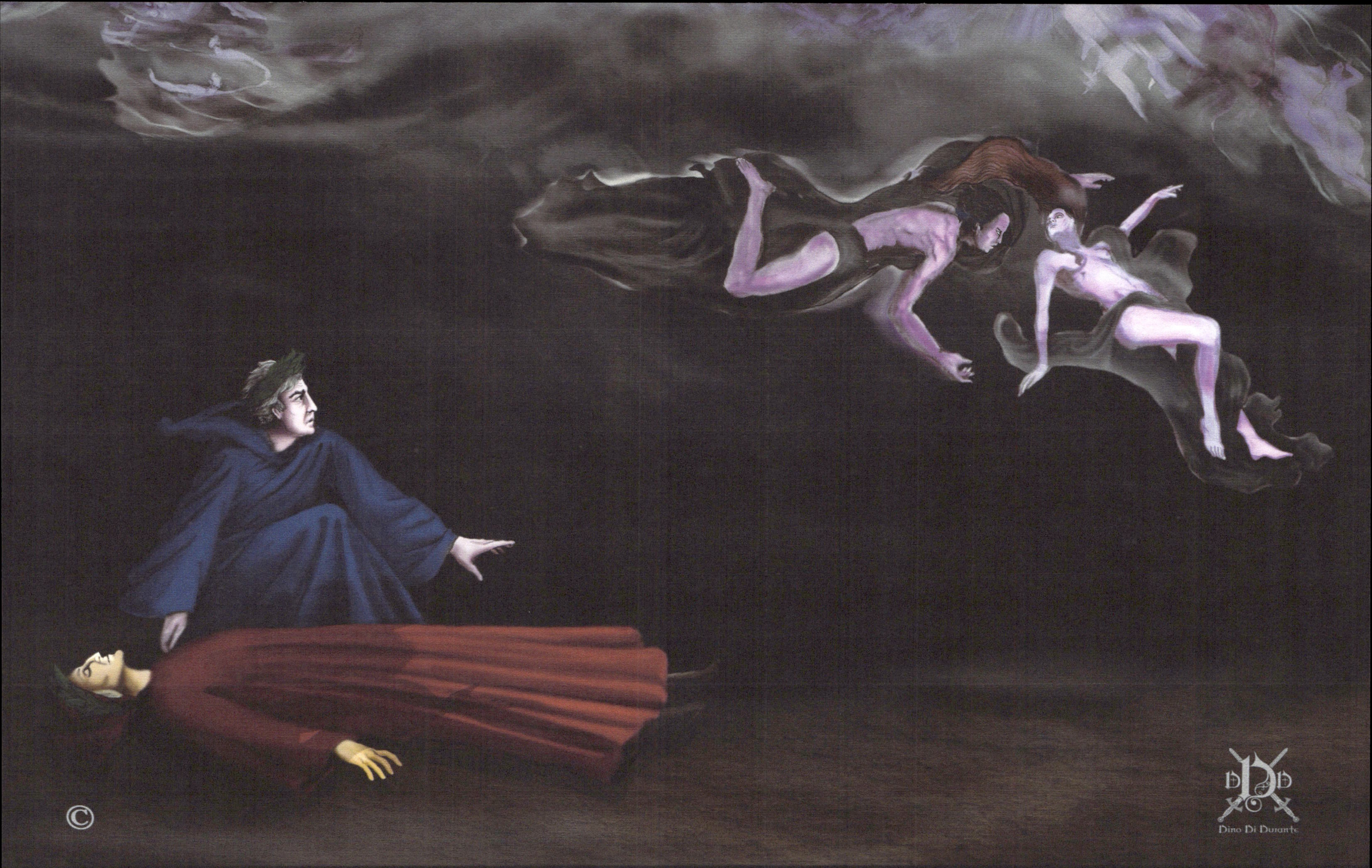

दूसरा घेरा - कामातुर

पाओलो और फ्रैंचेस्का के सामने दांते बेहोश हो जाते हैं

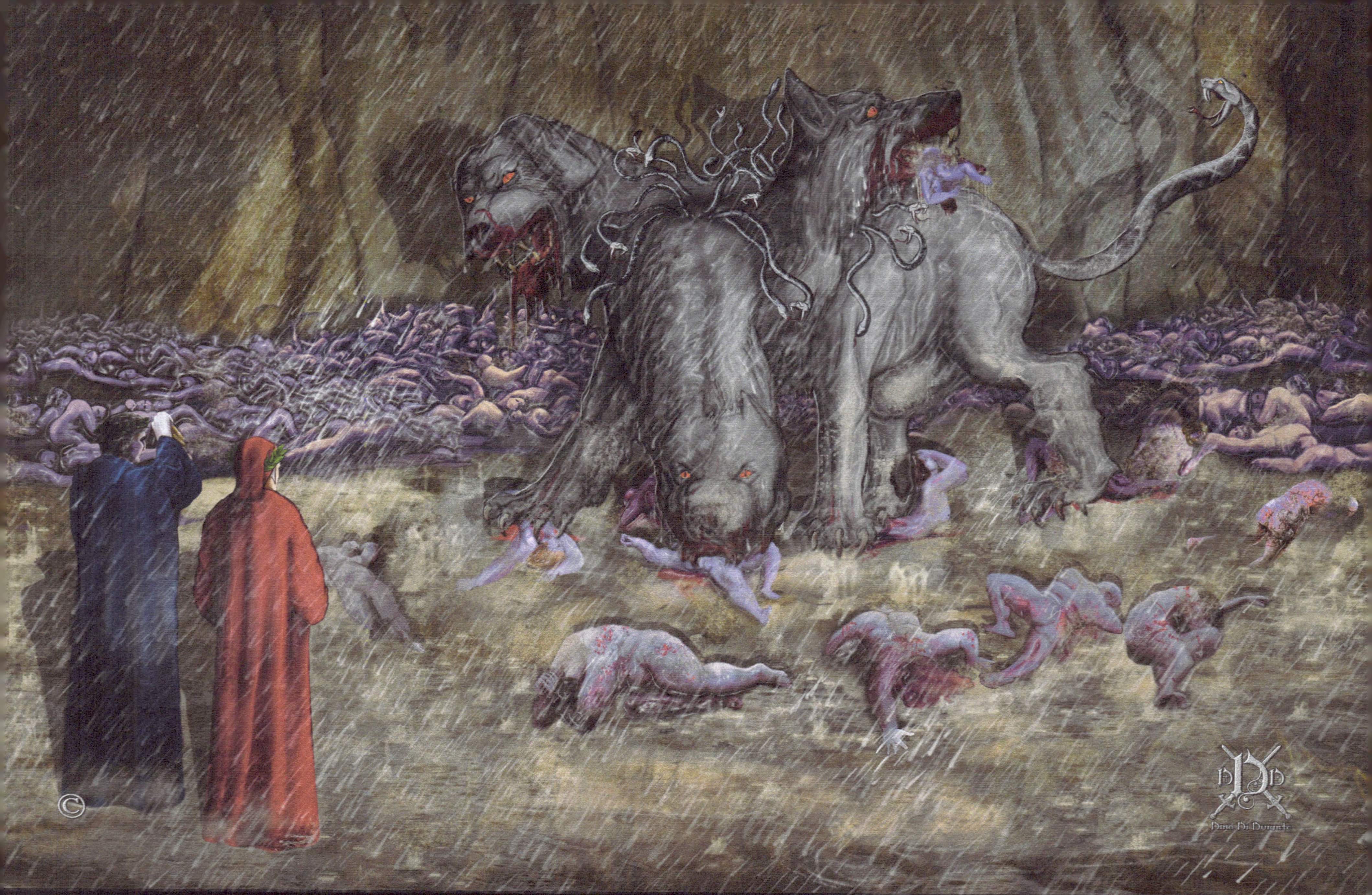

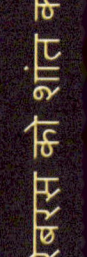

तीसरा घेरा - भक्षक

सेरिबरस को शांत करने के लिए वर्जिल उस पर कीचड़ फेंकते हैं

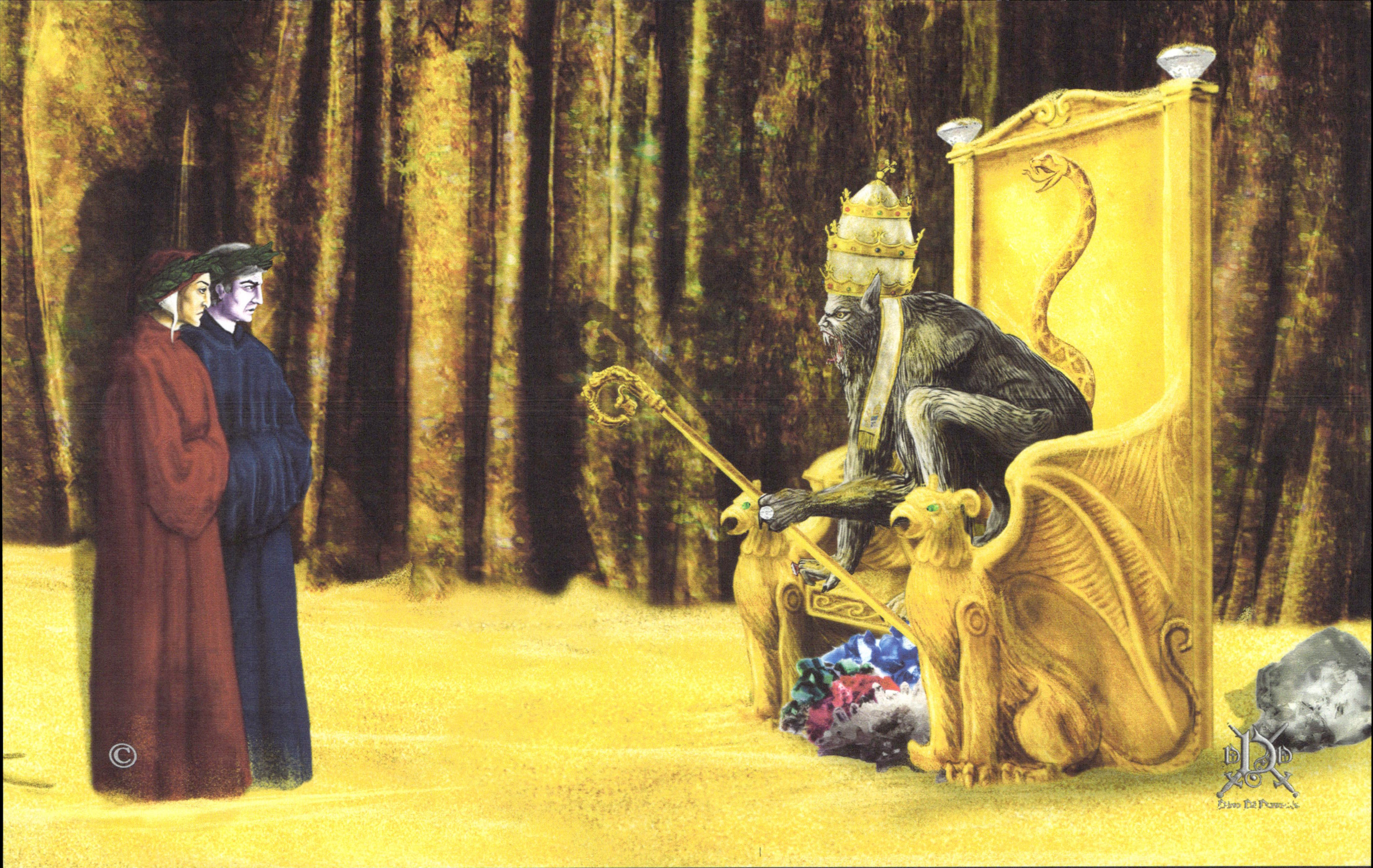

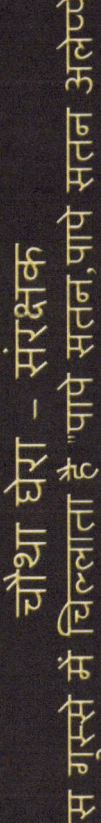

चौथा घेरा - संरक्षक
प्लूटस गुस्से में चिल्लाता है "पापे सतन,पापे सतन अलेप्पे!"

चौथा घेरा – लालची और अपव्ययी

पापी लोग एक-दूसरे के साथ टकराते हैं और घूम जाते हैं

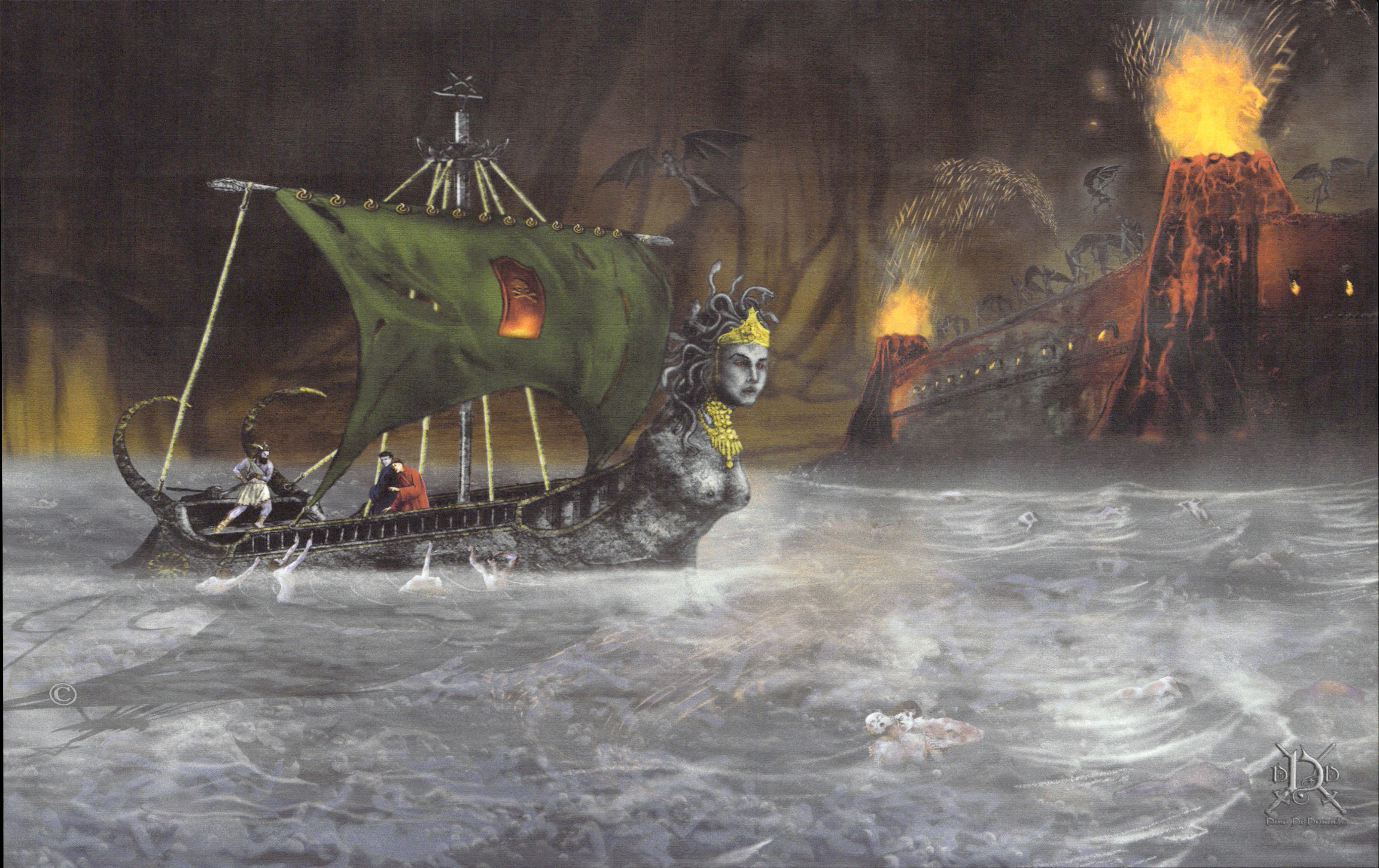

पांचवा घेरा - क्रुद्ध और उदास

फ़्लेजयस दांते और वर्जिल को स्टिक्स नदी के उस पार ले जाता है

तीन क्रोध दिस दीवार के ऊपर प्रकट होते हैं
वे मेडुसा को बुलाने की धमकी देते हैं और वर्जिल दांते की आँखे ढक देता है

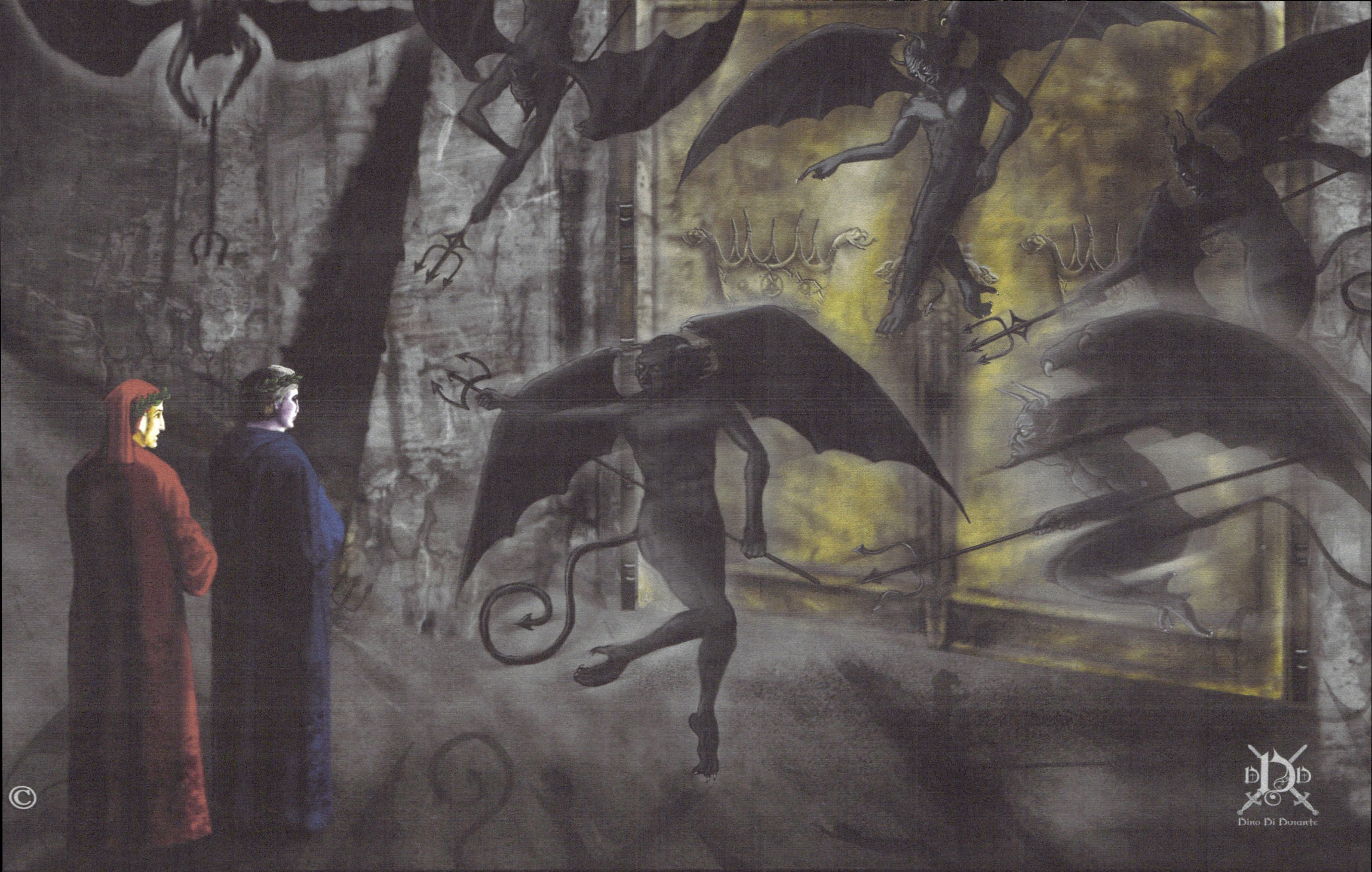

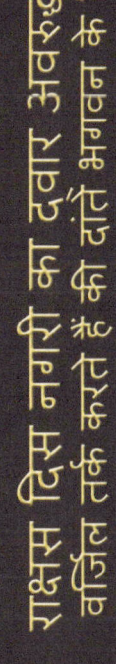

राक्षस दिस नगरी का दवार अवरुद्ध कर देते हैं
वर्जिल तर्क करते हैं की दांते भगवन के नियोग पर हैं

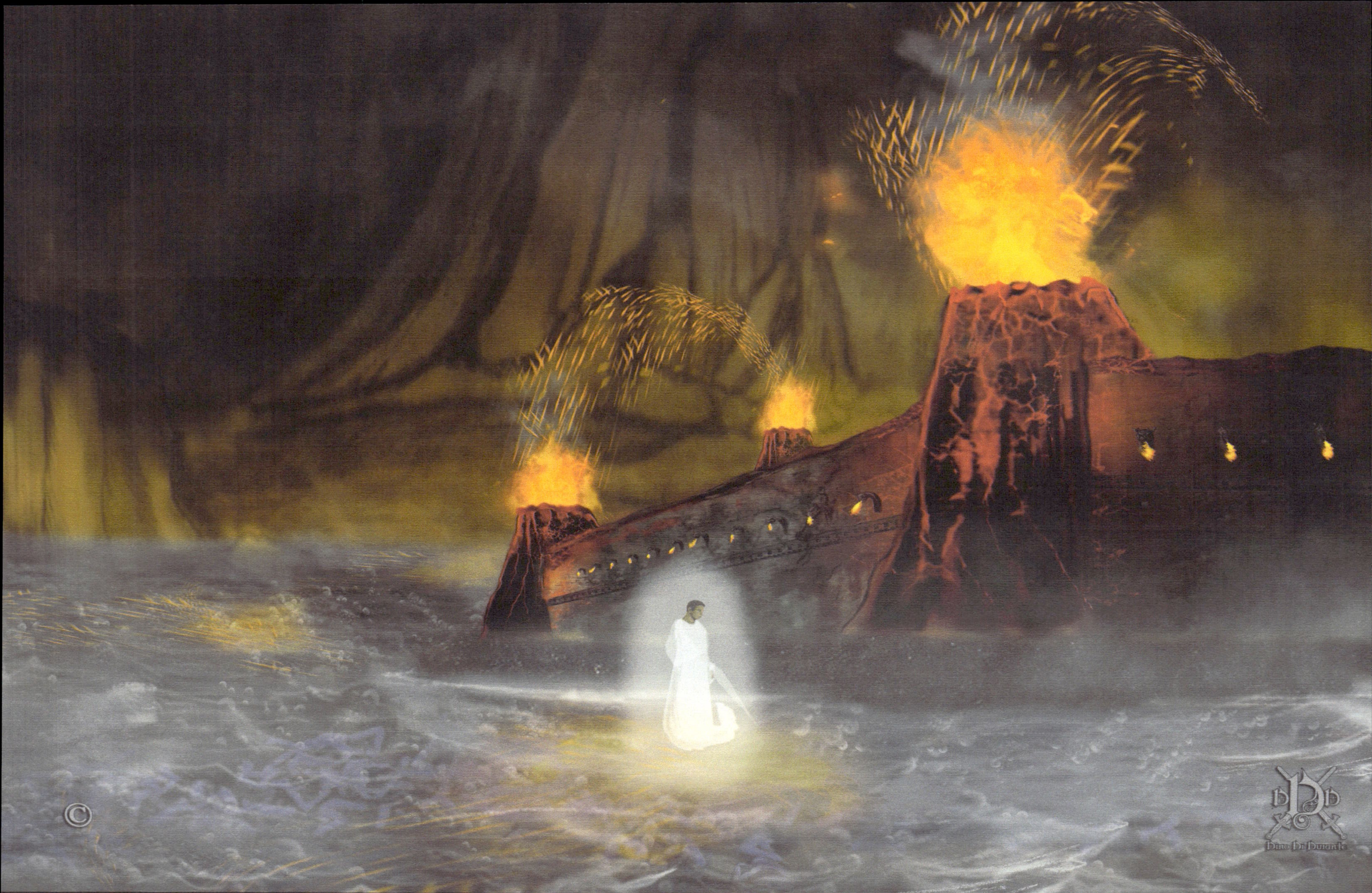

भगवान का दूत प्रकट होता है
वह स्टिक्स नदी से दिस के द्वार की ओर बढ़ता है

दूत सब दानवों को भगा देता है और दिस का द्वार खोल देता है
दांते सर झुकाते हैं और दोनों कवि नीचेके नरक में प्रवेश करते हैं

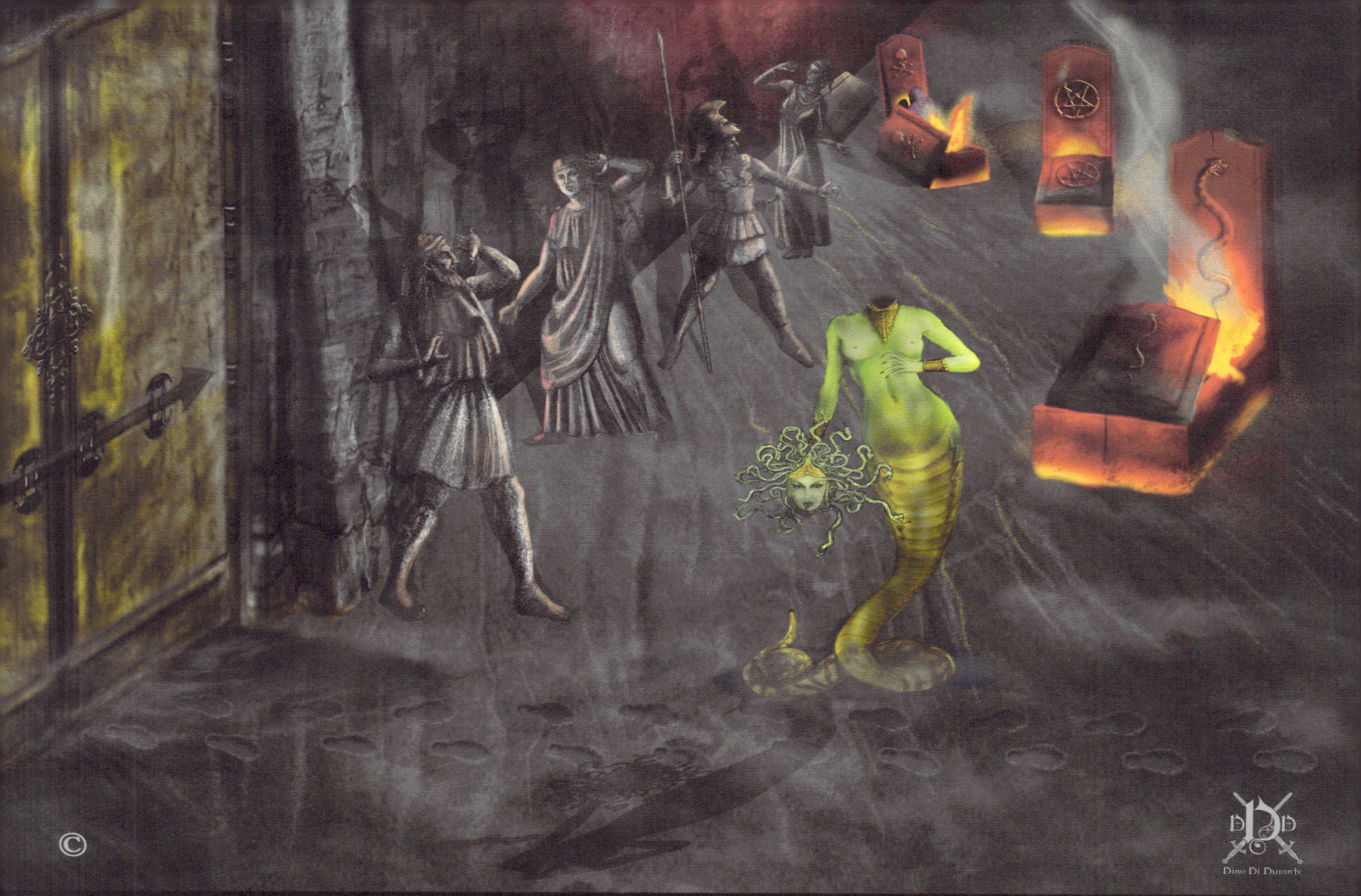

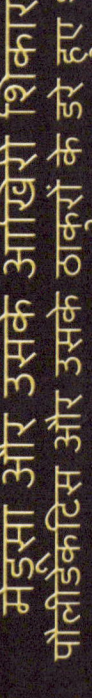

मेडूसा और उसके आखिरी शिकार
पौलीडेकटिस और उसके ठाकुरों के डरे हुए शव

छटा घेरा - विधर्मी
दांते फरिनाता और केवेल्कैंटि से बात करते हैं

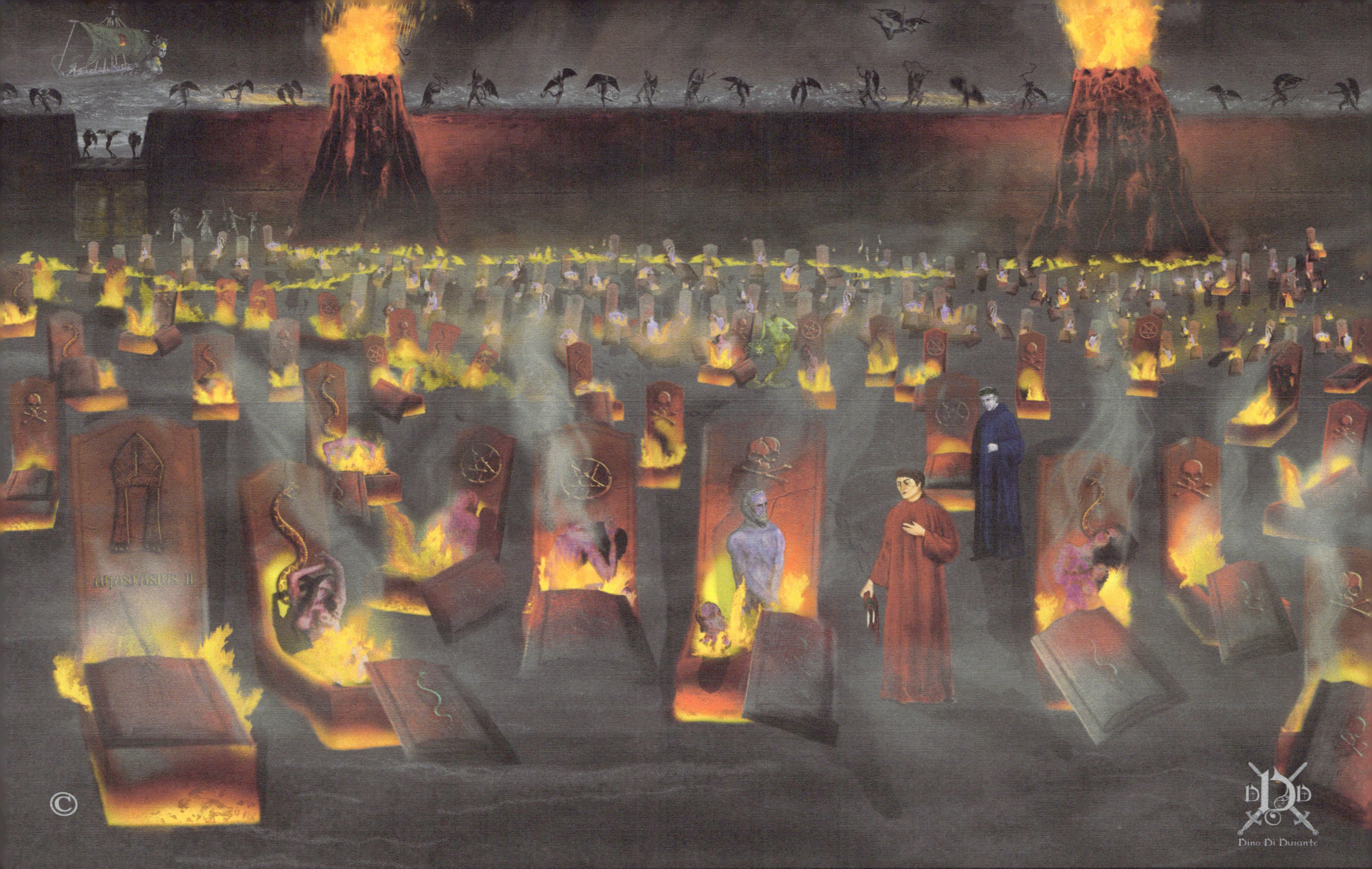

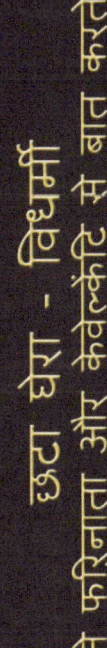

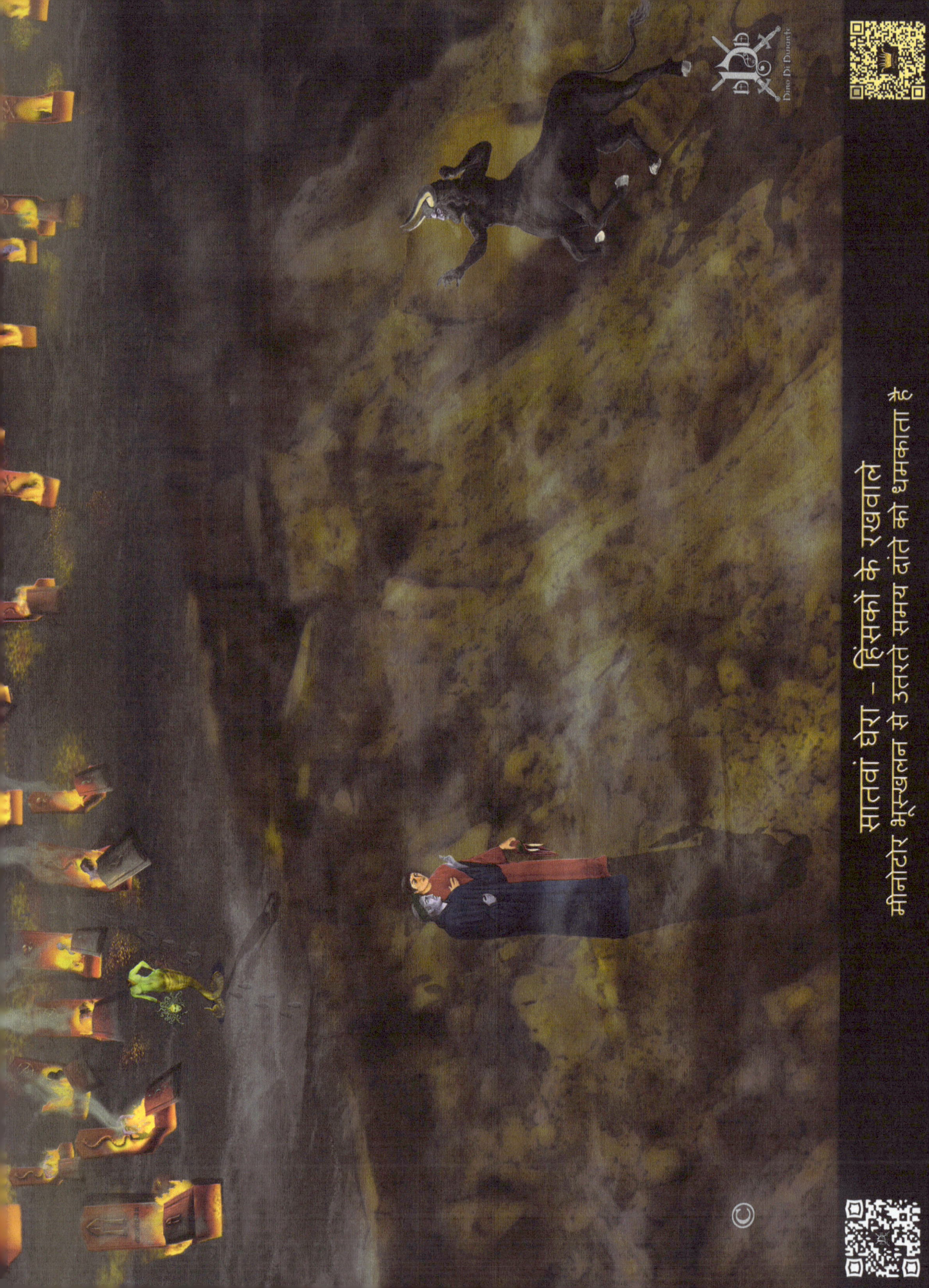

सातवां घेरा - हिंसकों के रखवाले
मीनोटोर भूस्खलन से उतरते समय दांते को धमकाता है

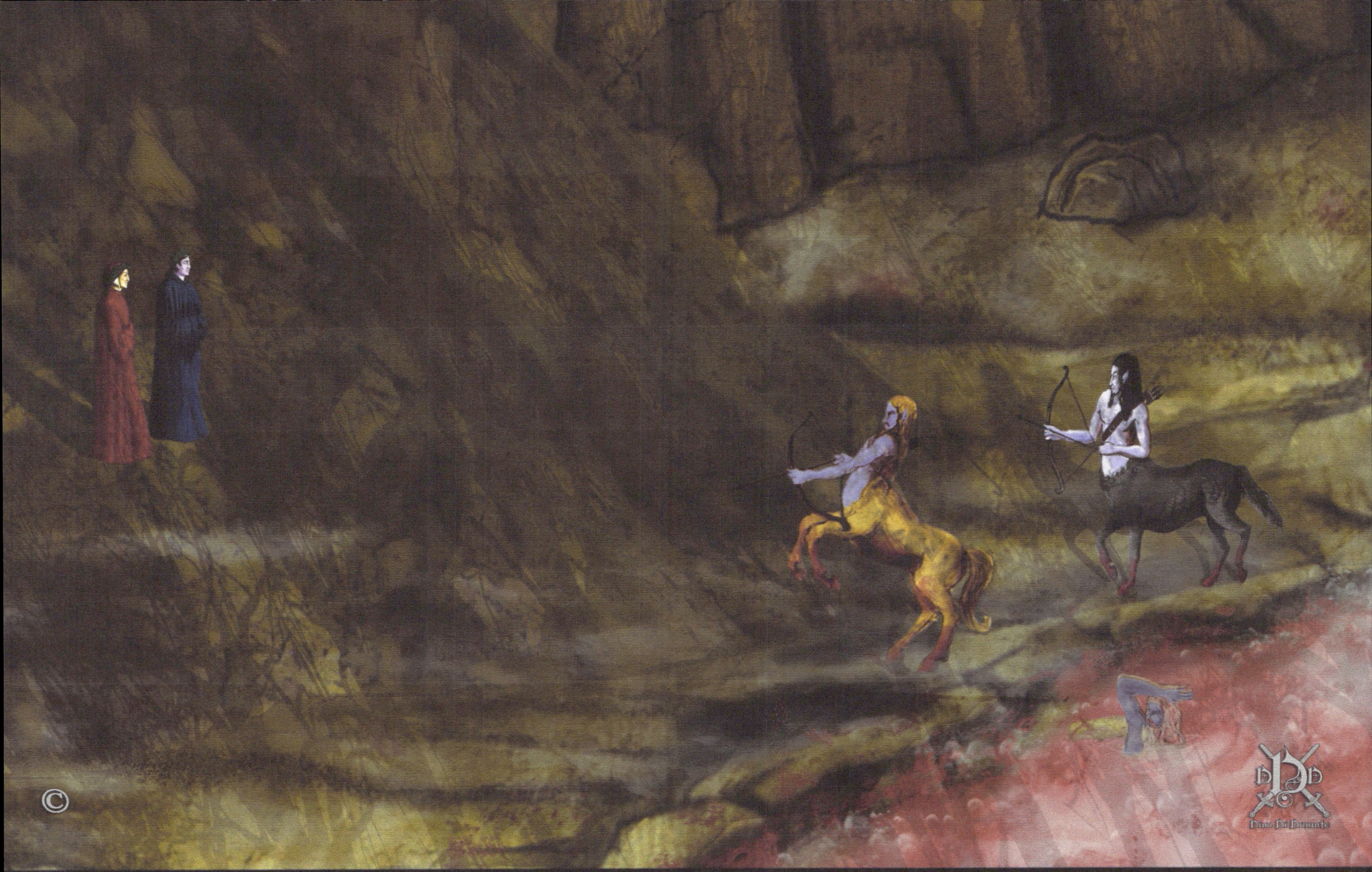

सातवां घेरा: भूस्खलन
निचे उतरने पर दांते और वर्जिल की चिरोन और नेसस से मुलाकात होती है

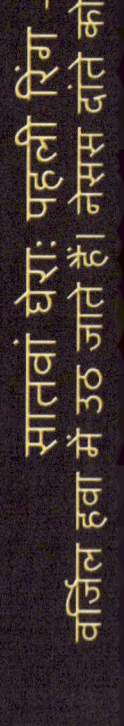

सातवां घेरा: पहली रिंग - उबलते खून में हत्यारे
वर्जिल हवा में उठ जाते हैं। नेसस दांते को फलेगिथौन नदी के उस पार ले जाता है

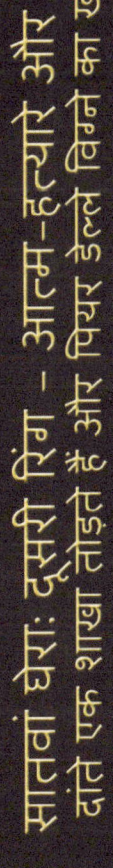

सातवां घेरा: दूसरी रिंग - आत्म-हत्यारे और अतिव्ययी
दांते एक शाखा तोड़ते हैं और पियर डेल्ले विग्ने का खून बहता है

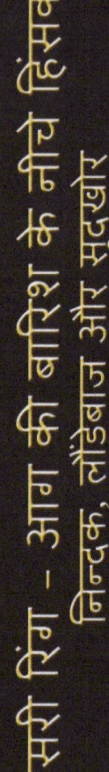

तीसरी रिंग – आग की बारिश के नीचे हिंसक
निन्दक, लौंडेबाज और सूदखोर

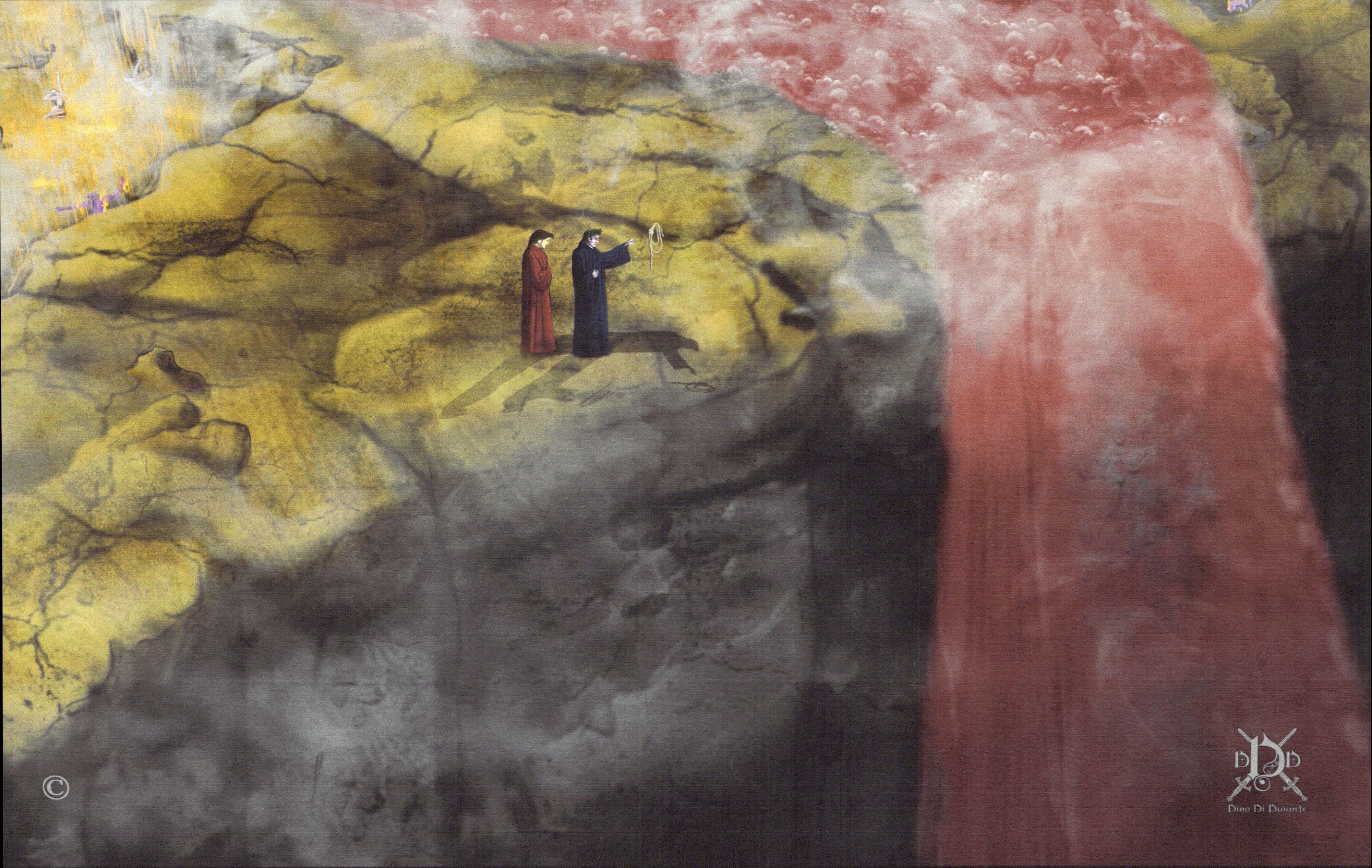

खड़ी चट्टान

किनारे से दांते की रस्सी फैंकते हुए वर्जिल जिर्योन को संकेत करते हैं

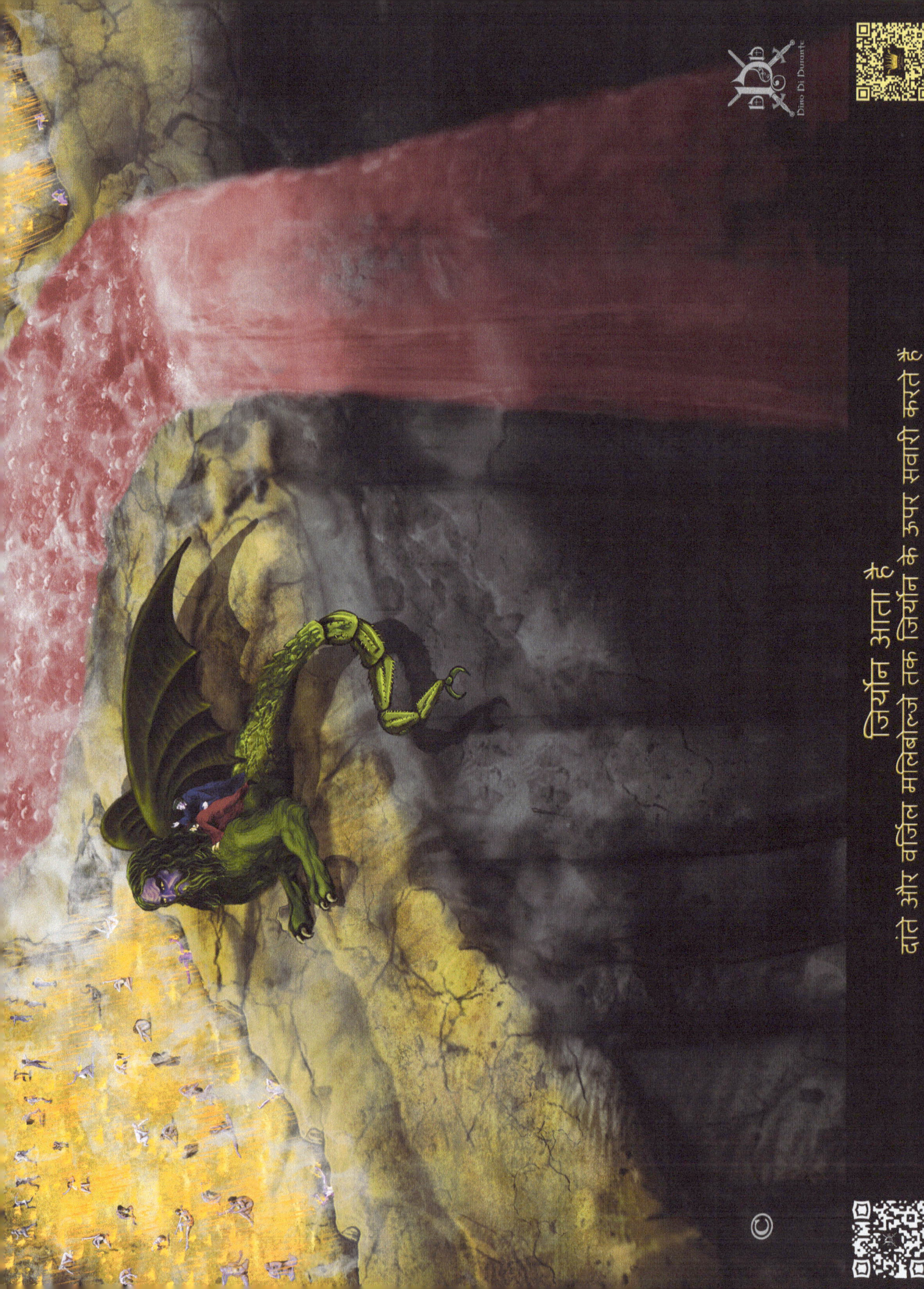

जिर्योन आता है
दांते और वर्जिल मलिबोल्जे तक जिर्योन के ऊपर सवारी करते हैं

जिर्योन भूमि पे उतरता है
दांते और वर्जिल मलिबोल्जे पर उतरते हैं

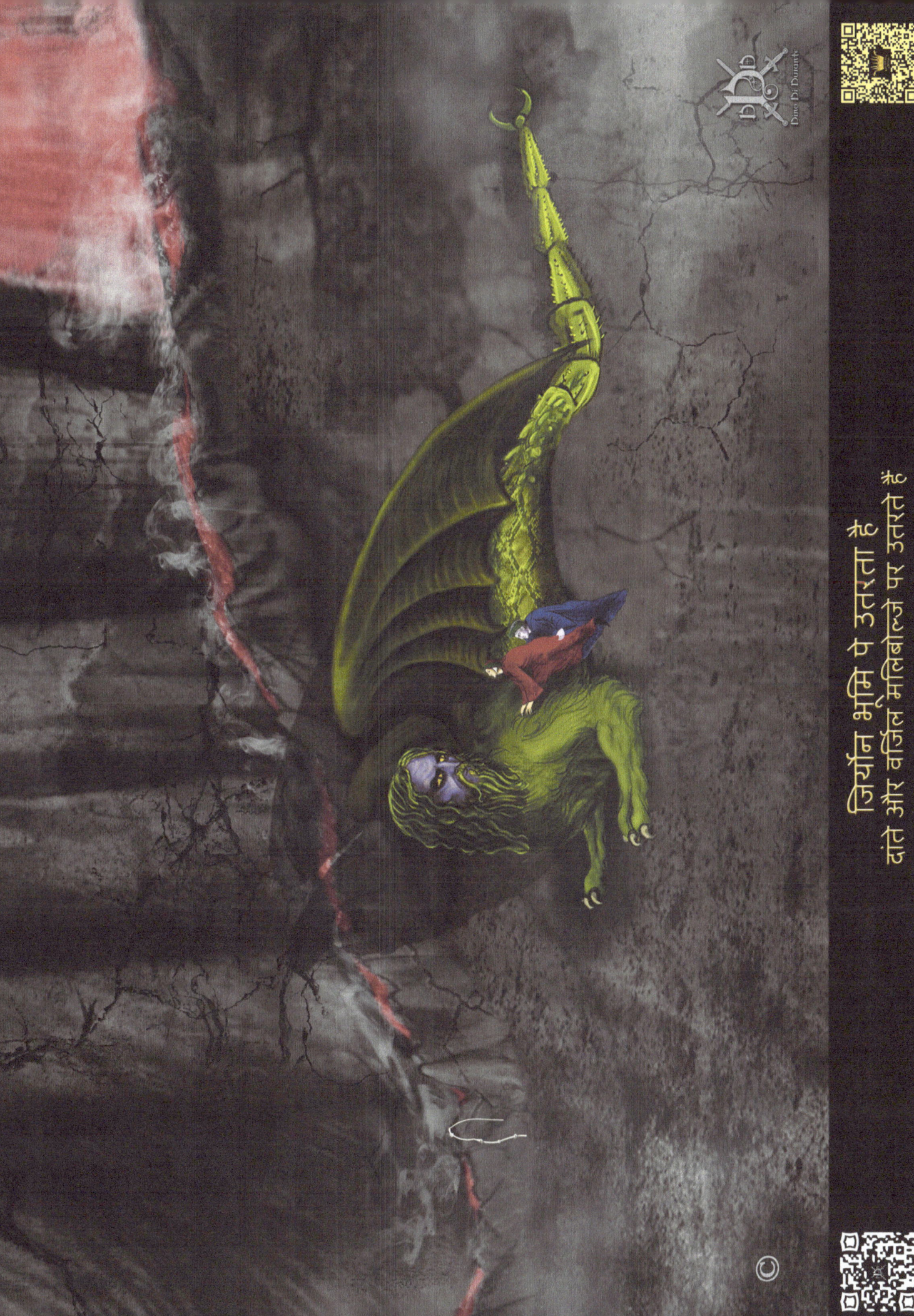

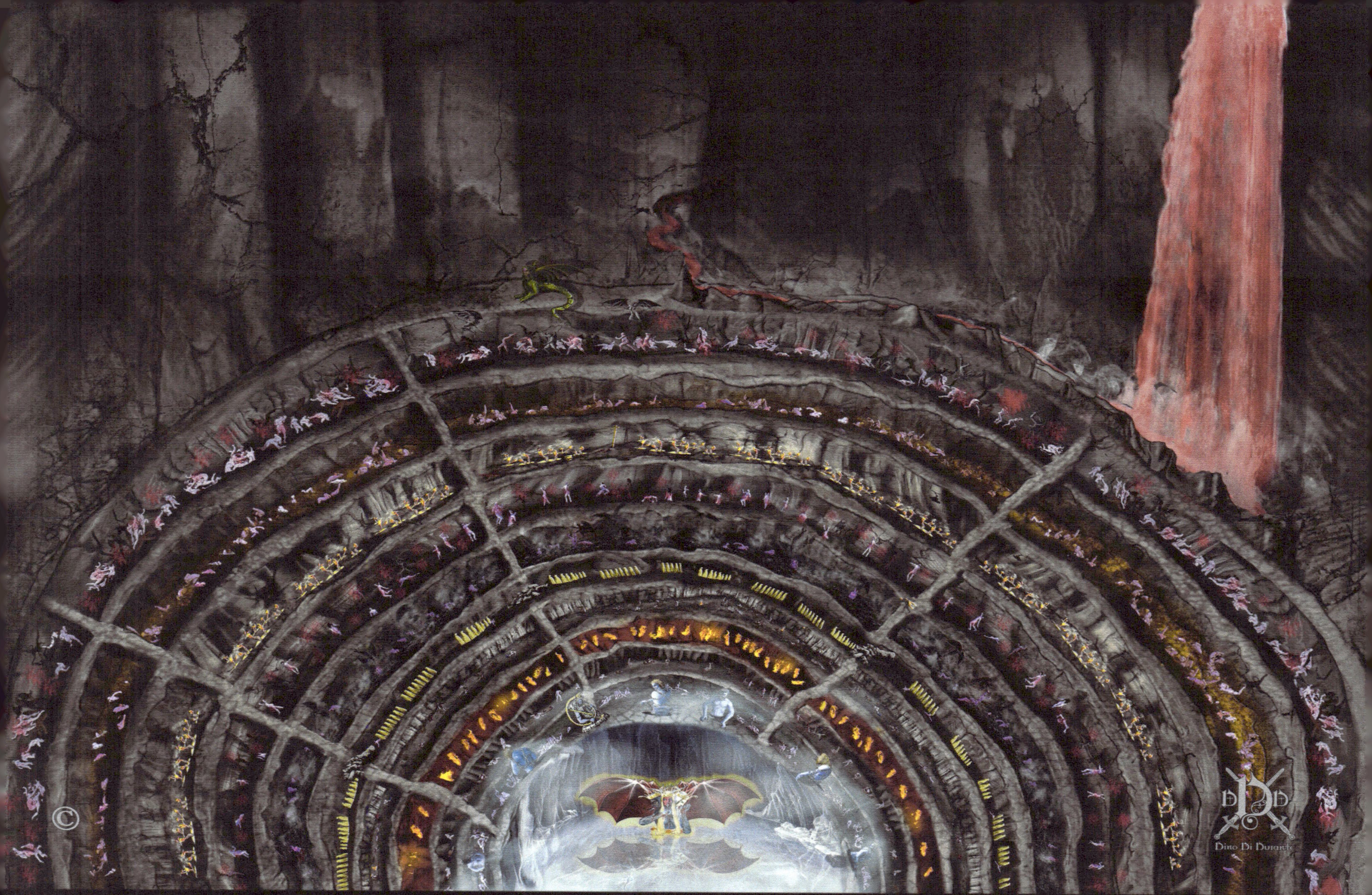

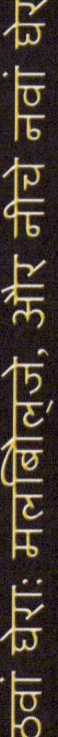

आठवां घेरा: मलबोल्जे, और नीचे नवां घेरा

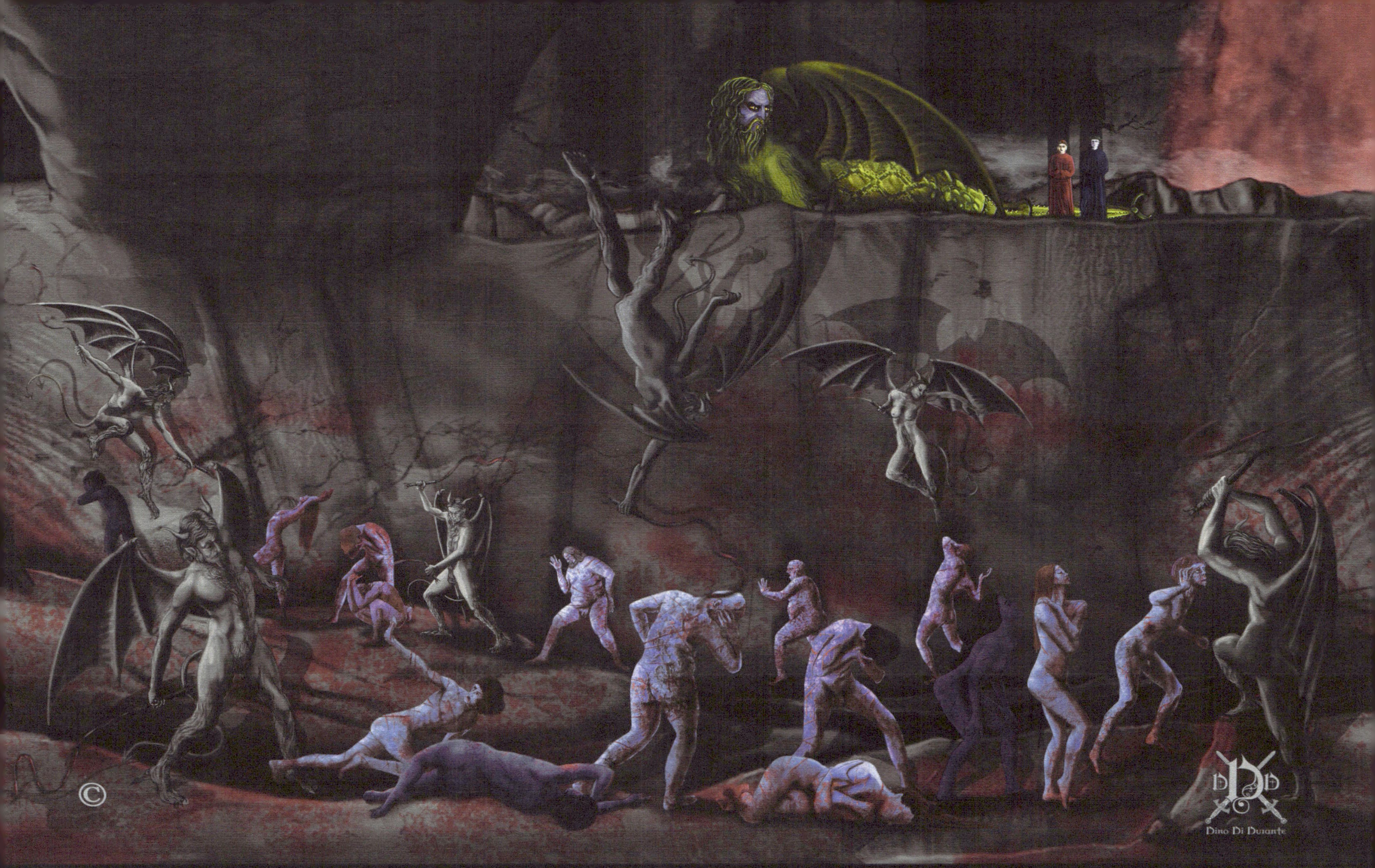

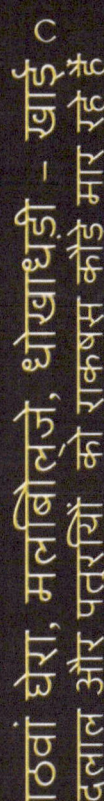

आठवां घेरा, मलबौल्जे, धोखाधड़ी - खाई १
दलाल और पतुरियों को राक्षस कौड़े मार रहे हैं

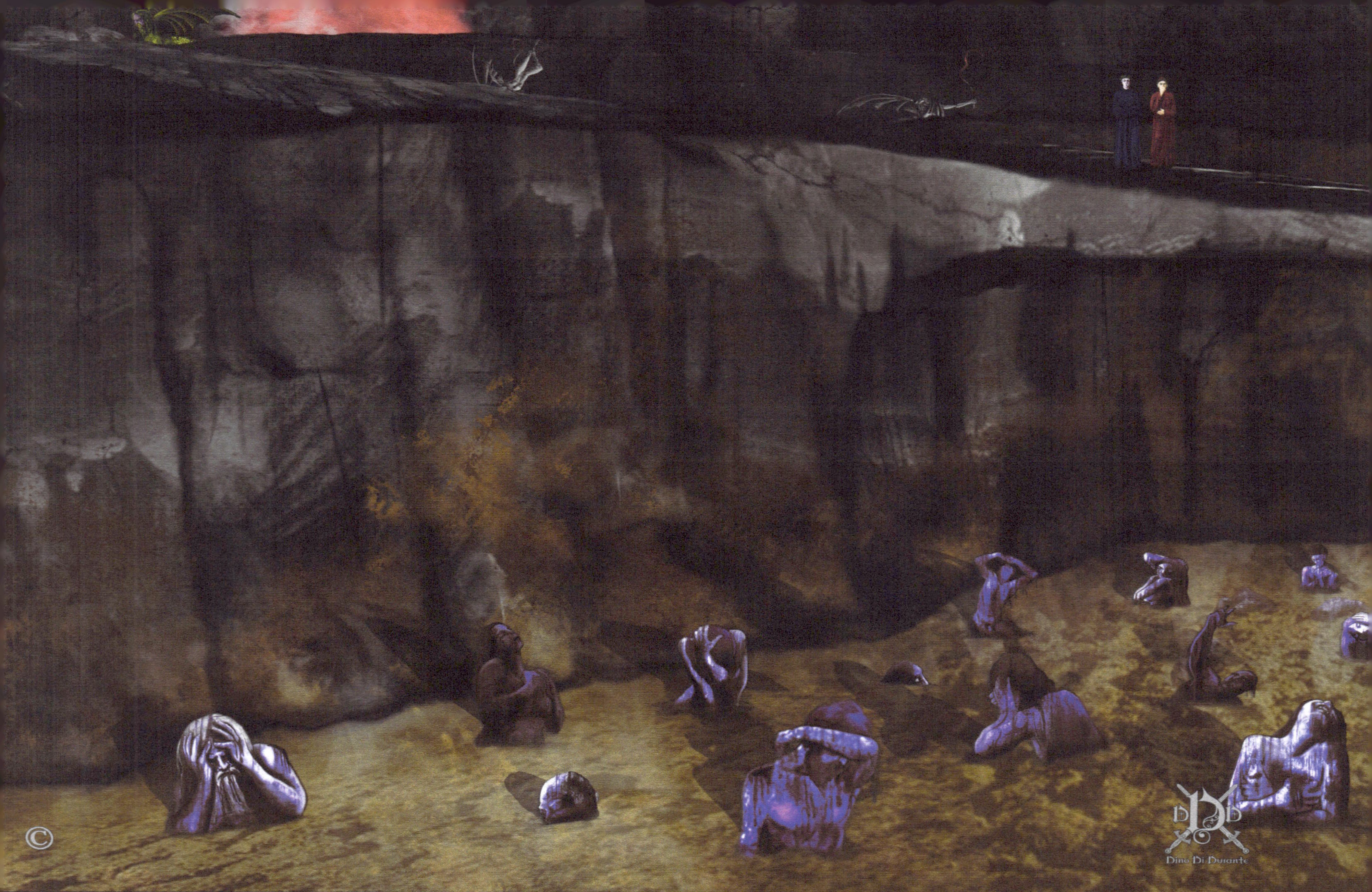

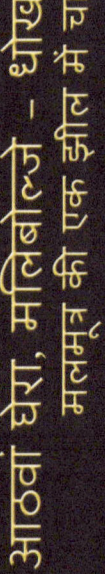

आठवां घेरा, मलिबोल्जे - धोखाधड़ी: खाई २
मलमूत्र की एक झील में चापलूस

आठवां घेरा, मलिबोल्जे, धोखाधड़ी: खाई ३

पैरों में आग लगा कर धर्मपद बेचने वालो को गड्ढों में उल्टा लटकाया जा रहा है

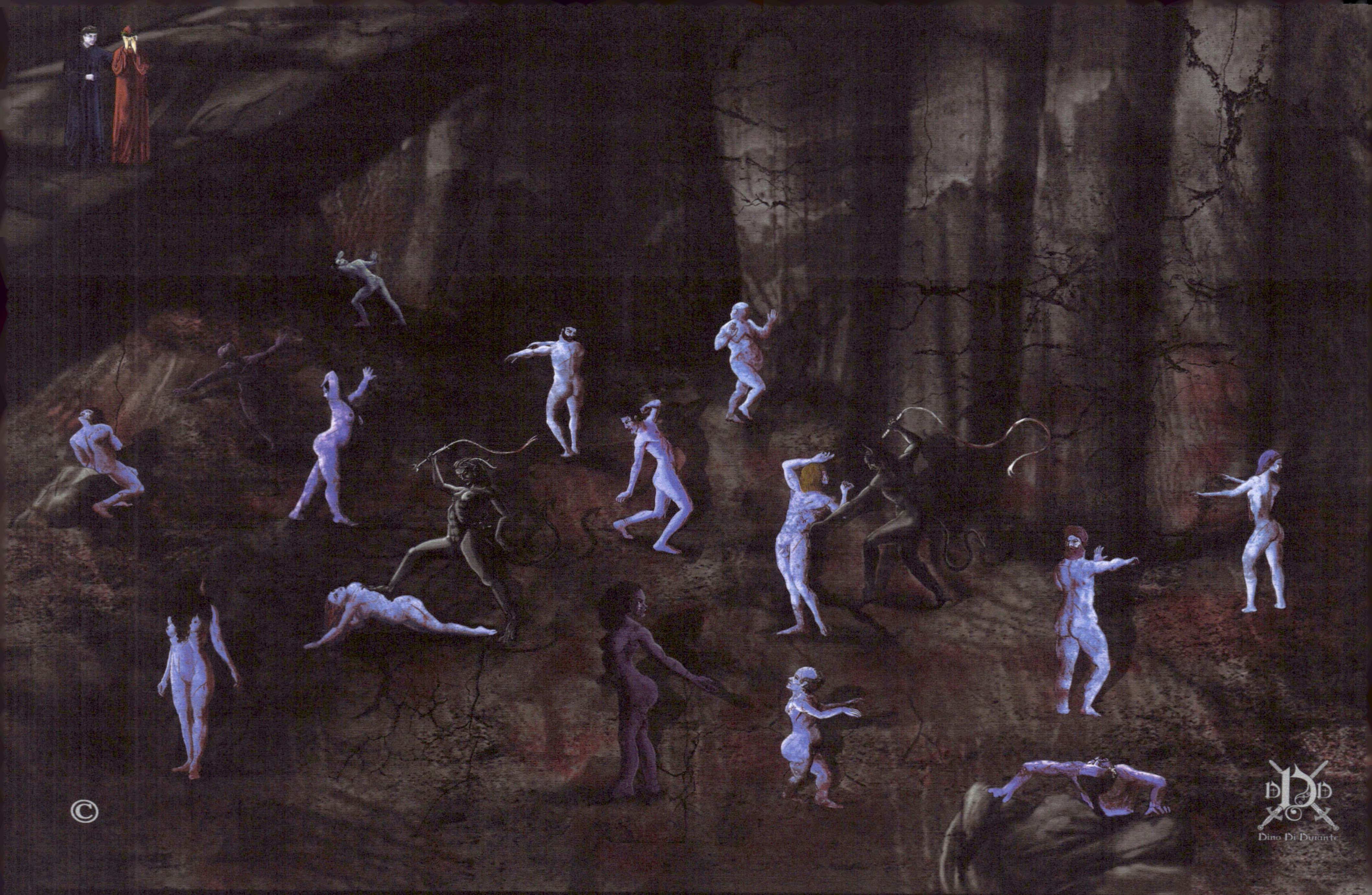

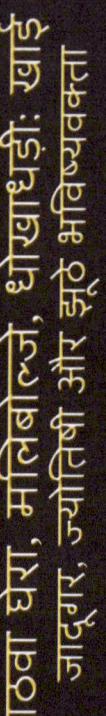

आठवां घेरा, मलिबोल्जे, धोखाधड़ी: खाई ४
जादूगर, ज्योतिषी और झूठे भविष्यवक्ता

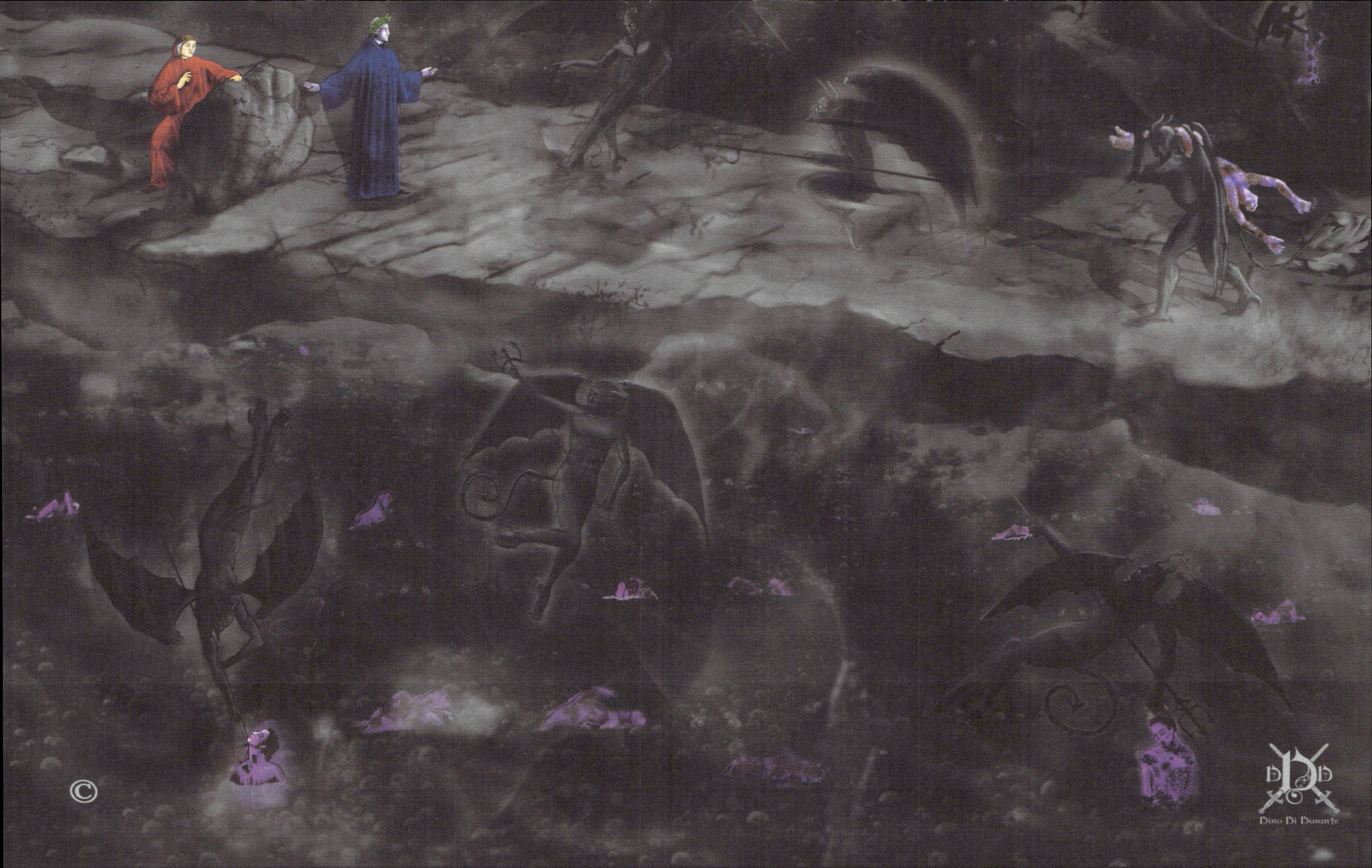

आठवां घेरा, मलिबोल्जे, धोखाधड़ीः खाई २१
घूसख़ोरः जलती टार की झील में भ्रष्ट राजनेता

आठवां घेरा, मलिबोल्जे, धोखाधड़ी: खाई ६

कपटी: कुछ धातु के चोगे पहने हुए और बाकी क्रूस पे चढ़ाये जाते

आठवां घेरा, मलिबोल्जे, धोखाधड़ीः खाई ६

कपटीः वर्जिल दांते को एक खड़े पत्थर से बहार निकलने का रास्ता दिखाते हैं

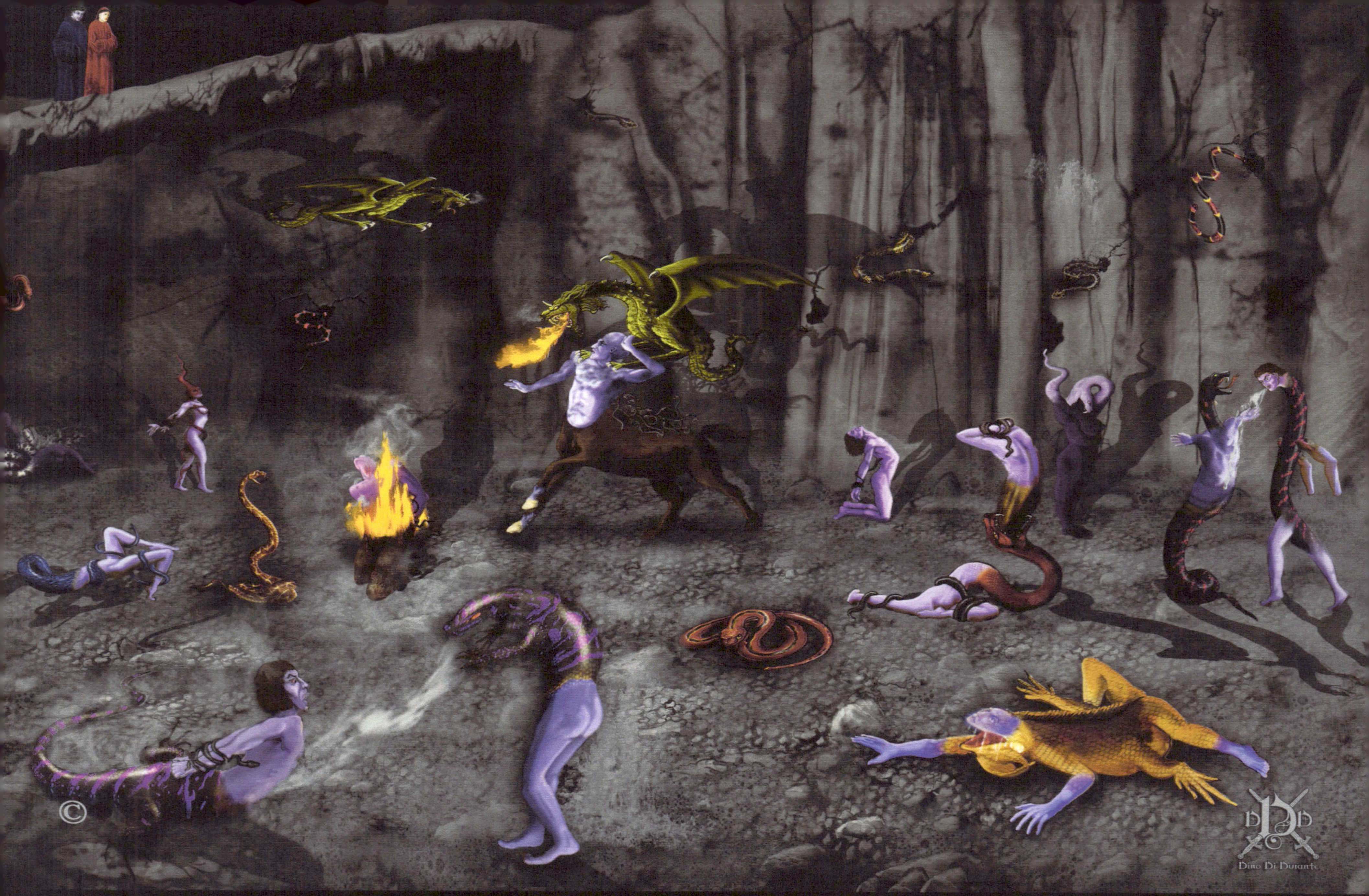

आठवां घेरा, मलिबोल्जे, धोखाधड़ीः खाई ७
चोर बार-बार सरीसृप में बदल रहे हैं

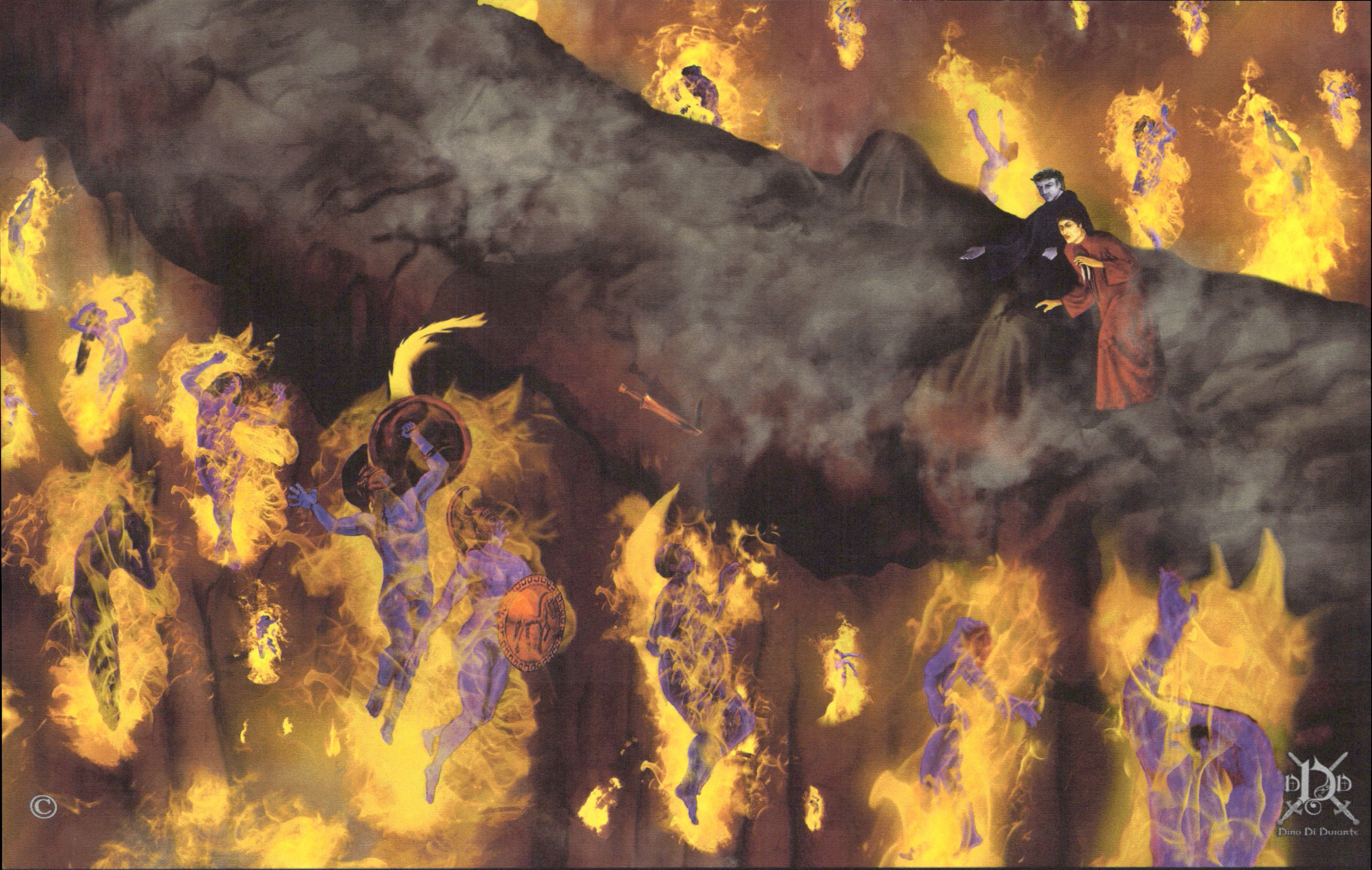

आठवां घेरा, मलिबोल्जे, धोखाधड़ीः खाई ८
बुरे सलाहकारः उलीसस, डायोमीडस और दूसरे आग में जल रहे हैं

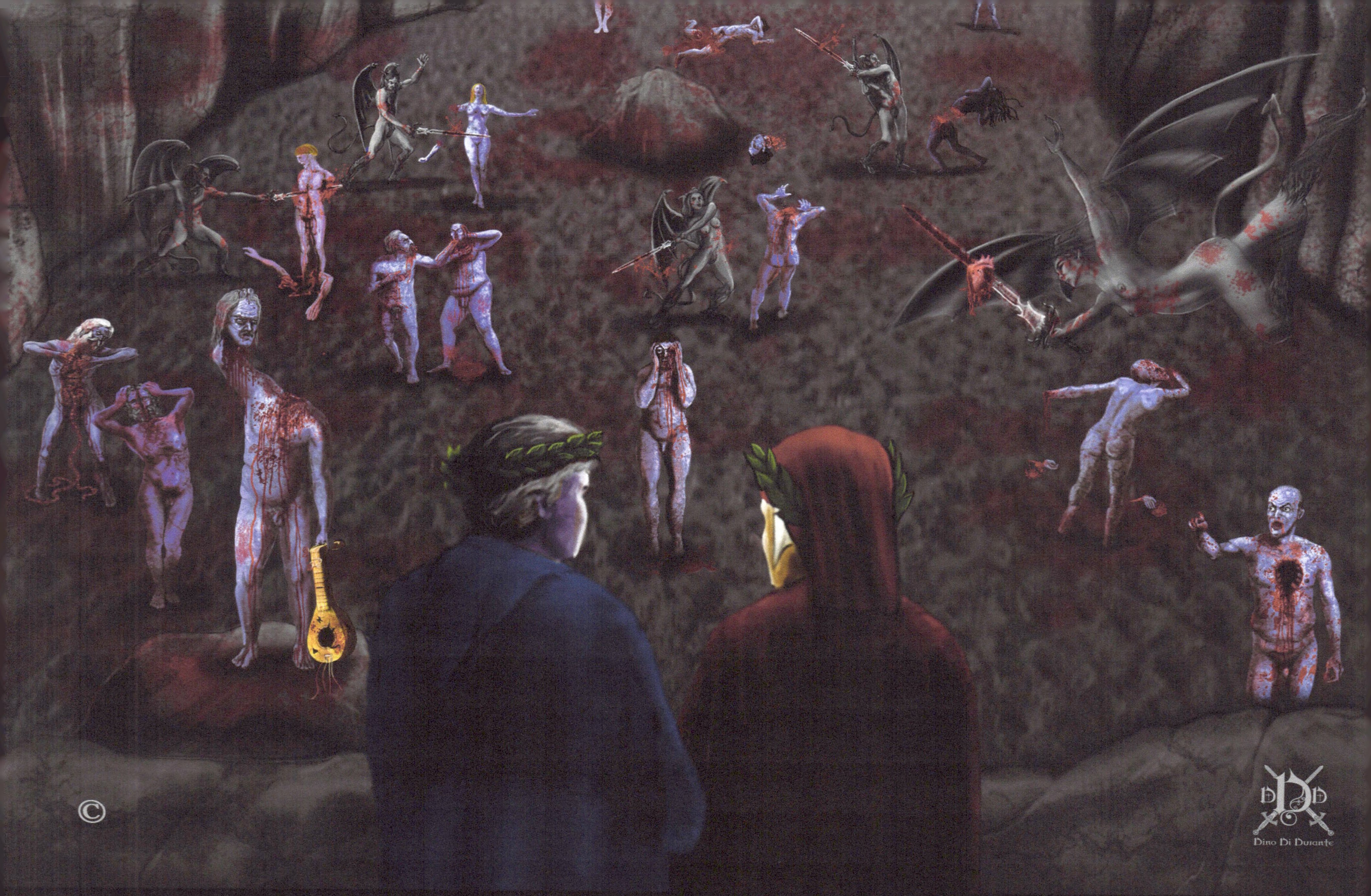

आठवां घेरा, मलिबोल्जे, धोखाधड़ी: खाई ८

कलह के बीजरोपक राक्षसों द्वारा तलवार से चीरे जा रहे हैं

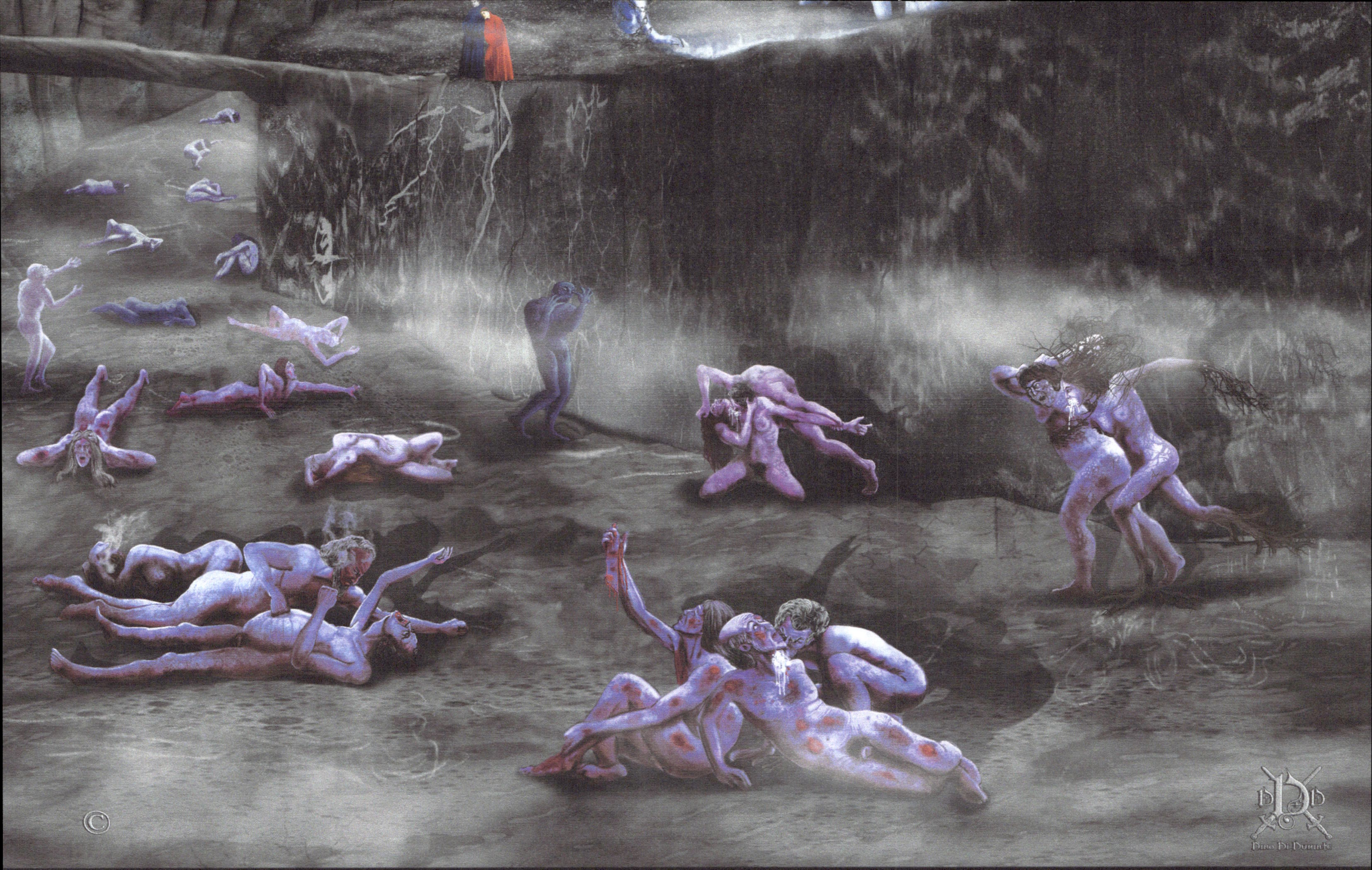

आठवां घेरा, मलबौल्जे, धोखाधड़ी: खाई १०

धोखेबाज: कीमियागर, नकली उत्पाद वाले, झूठे गवाह और पाखण्डी

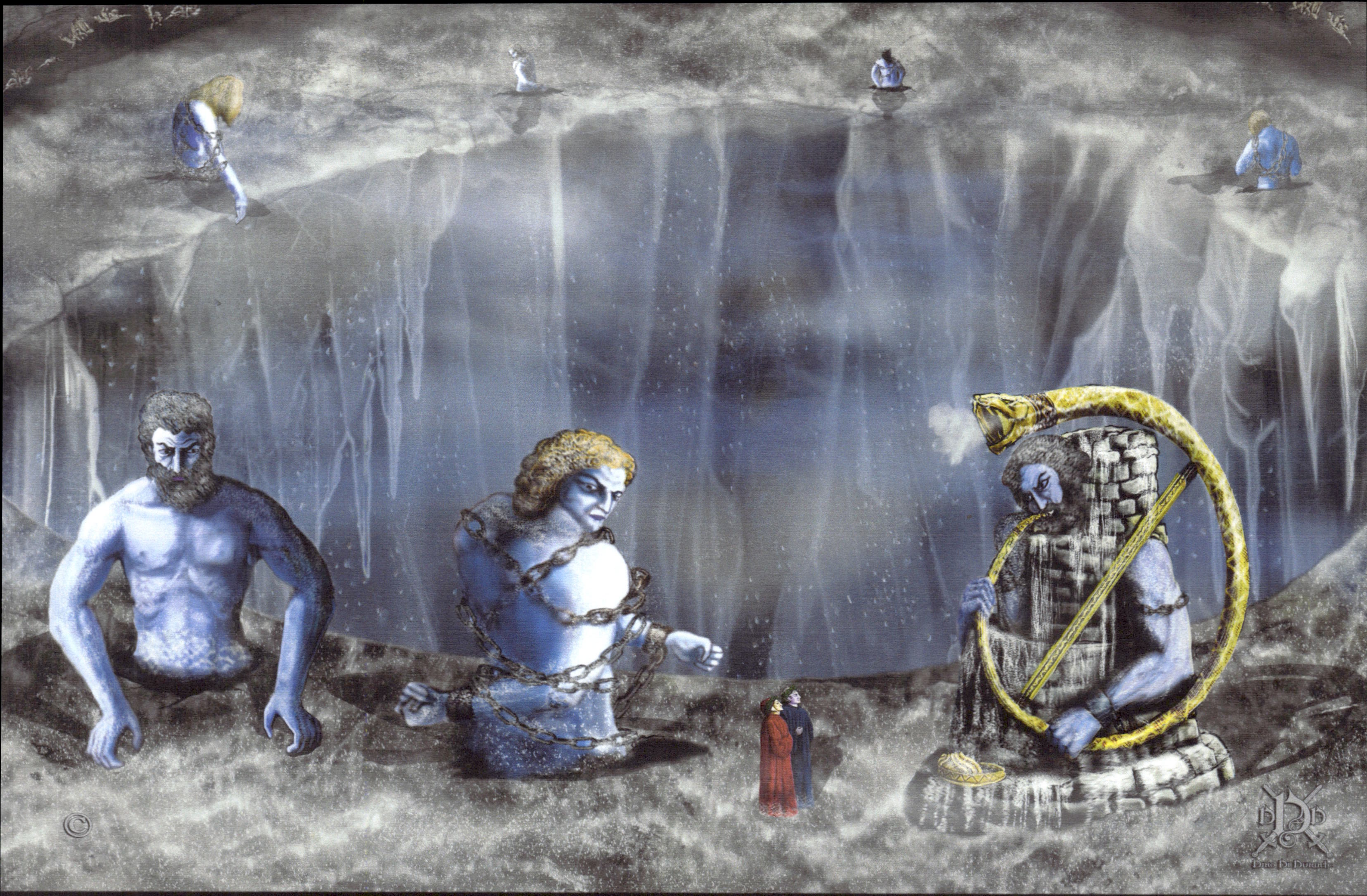

नौवां घेरा - रखवाले
दिग्गजः इफियालटस, ऐनटेस और निमरूद

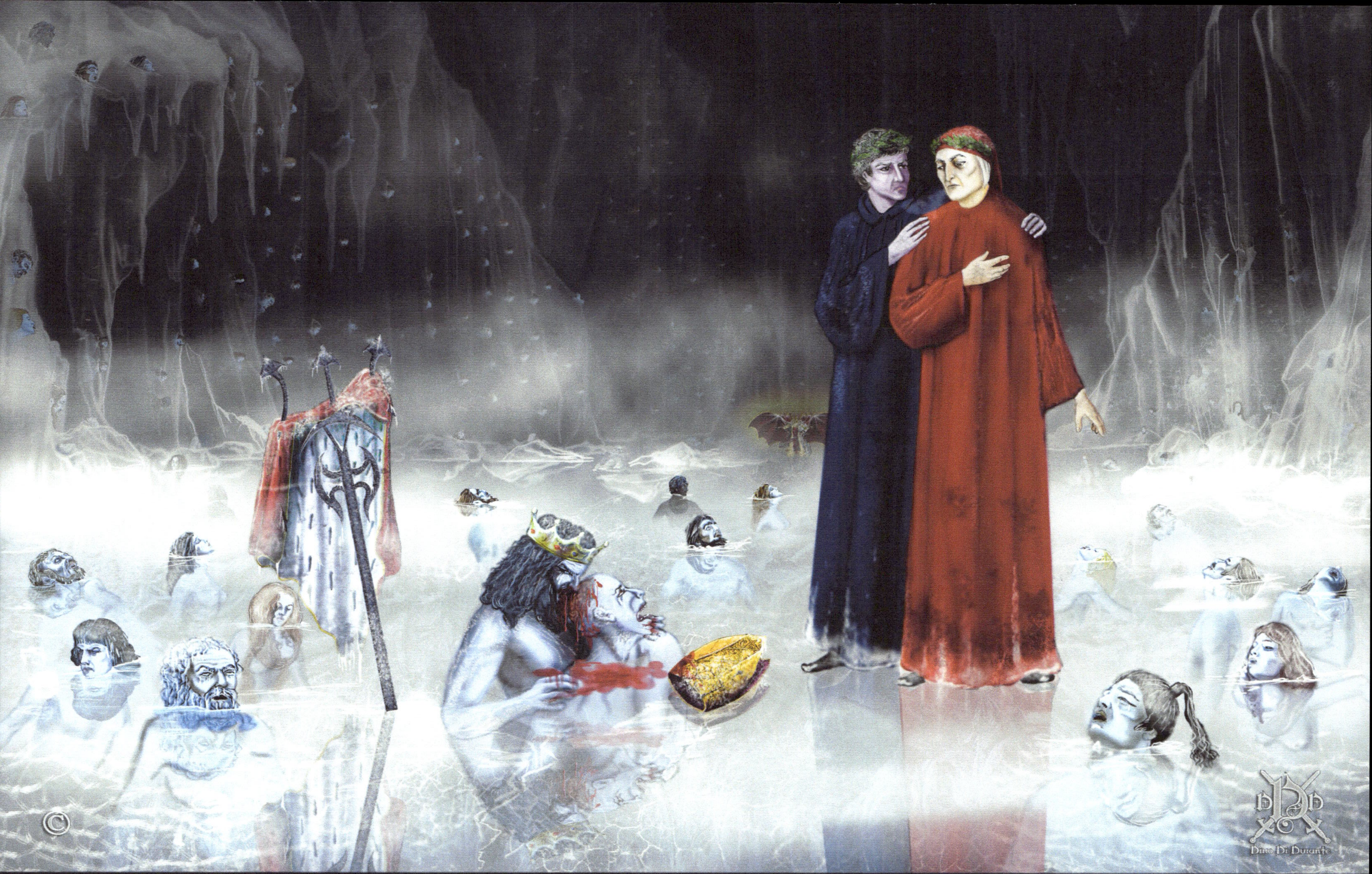

नौवां घेरा - धोखेबाज
काउण्ट यूगोलीनो आर्कबिशप रगीरी का सिर खाते हुए

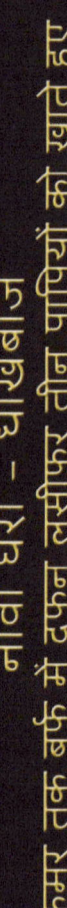

नौवां घेरा – धोखेबाज

कमर तक बर्फ में दफन लूसीफर तीन पापियों को खाते हुए

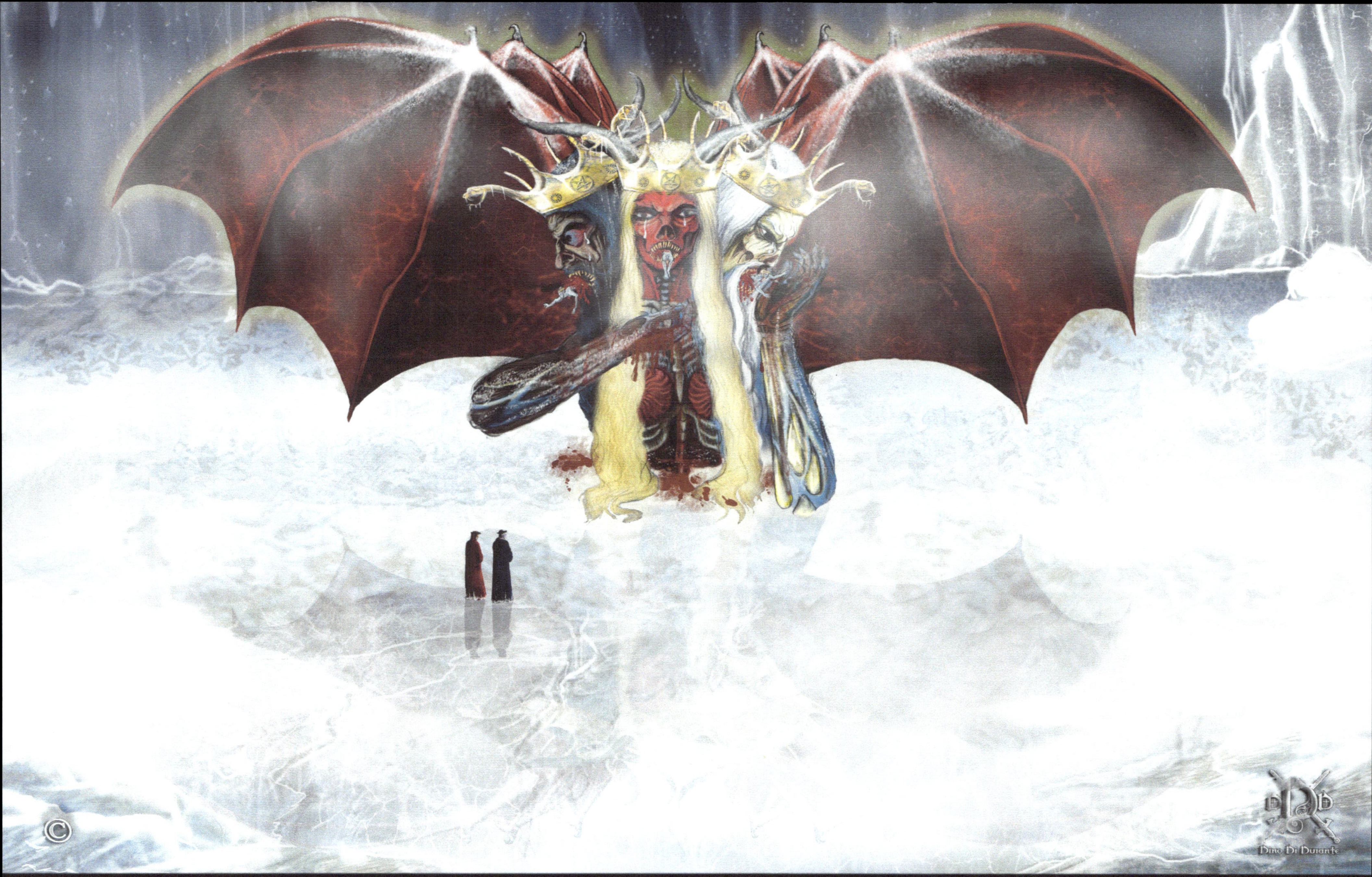

नौवां घेरा - धोखेबाज

बिना चमड़ी का लूसीफ़र जूडस, ब्रूटस और कैसियस को चबाते हुए

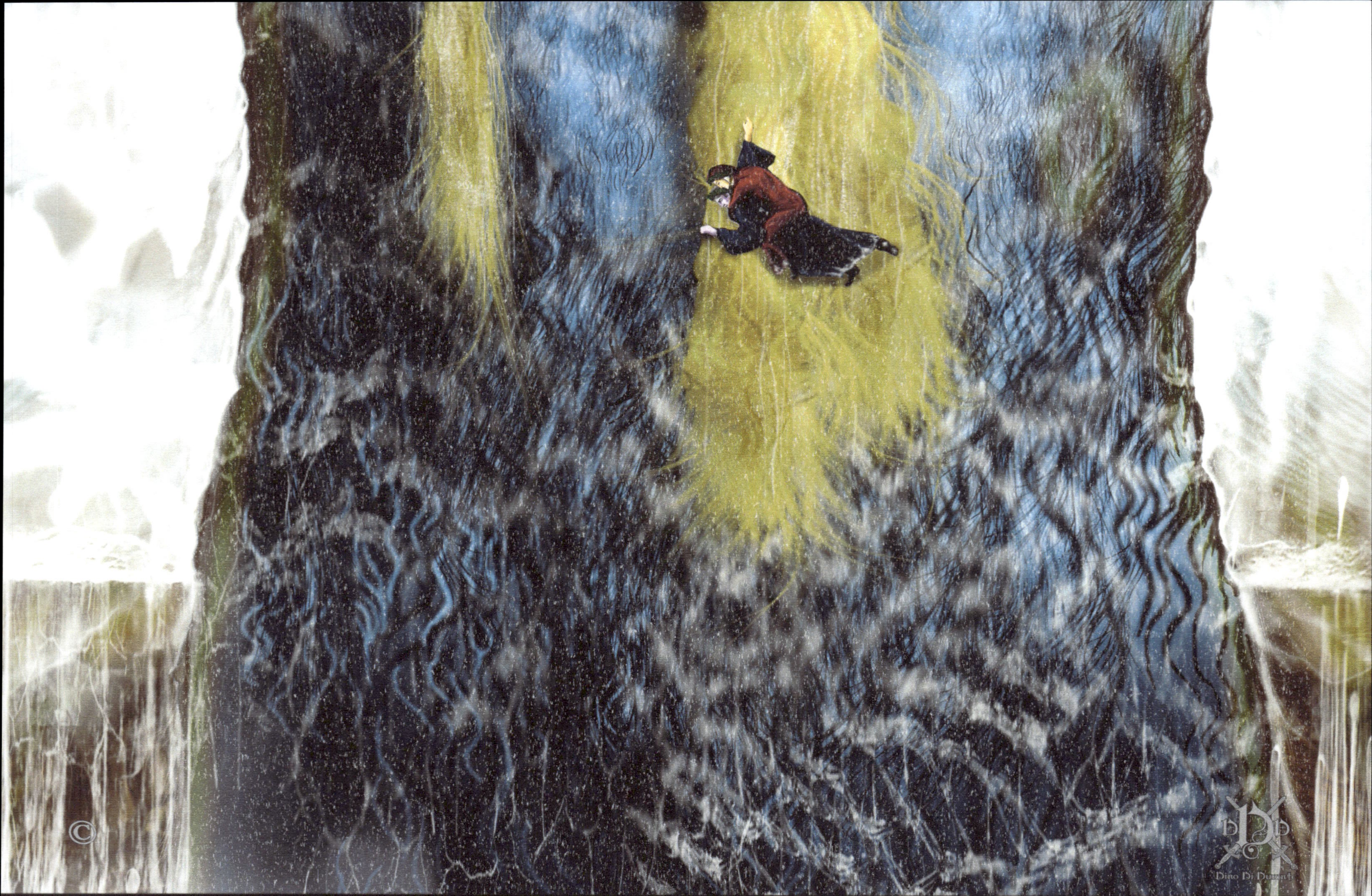

महान निकास

लूसीफ़र के शरीर के ऊपर और नीचे से वर्जिल दांते को अपनी पीठ पर ले जाते हुए

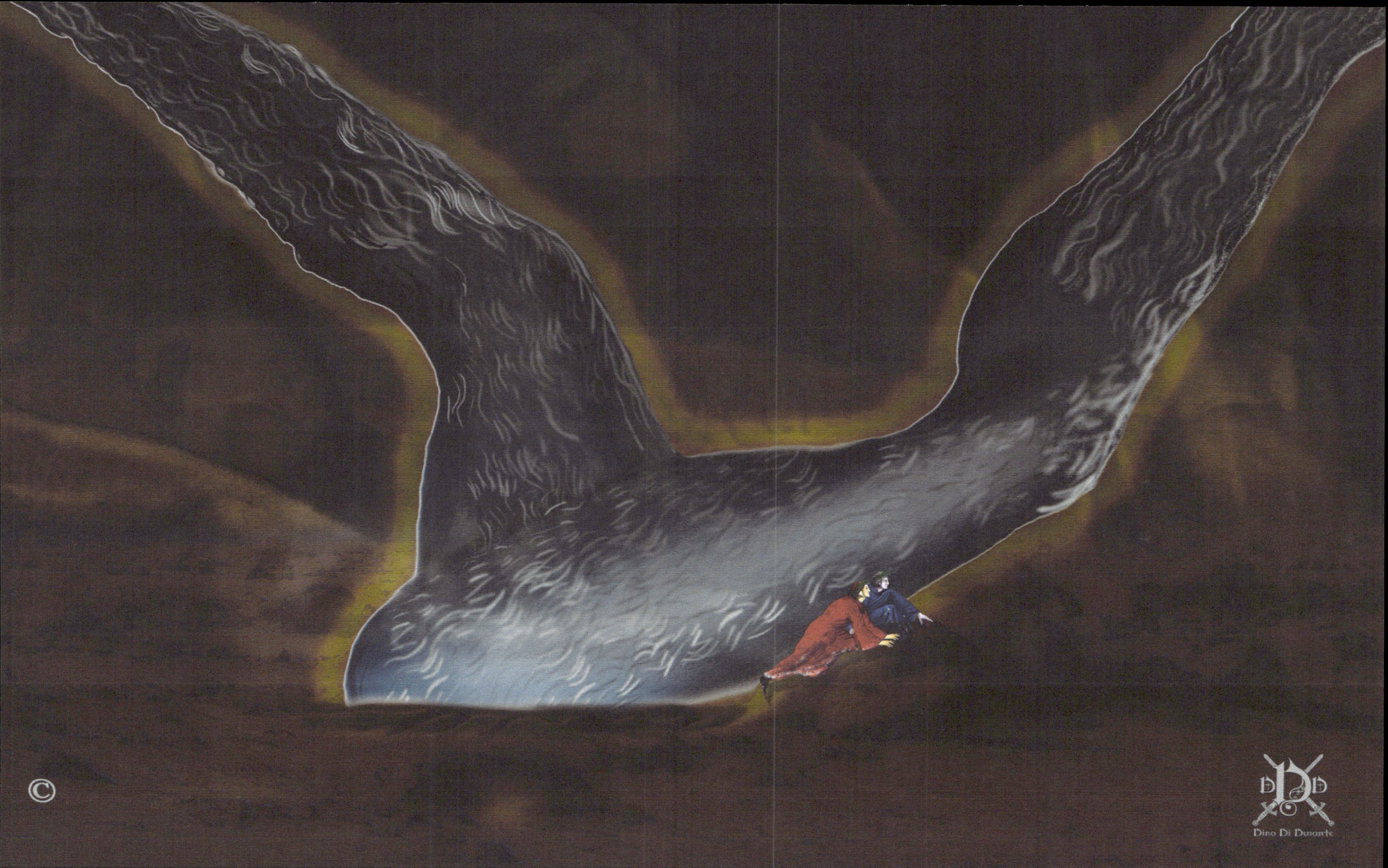

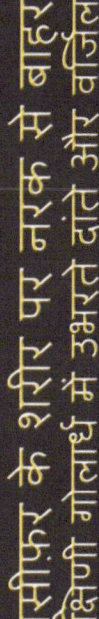

लूसीफ़र के शरीर पर नरक से बाहर
दक्षिणी गोलार्ध में उभरते दांते और वर्जिल

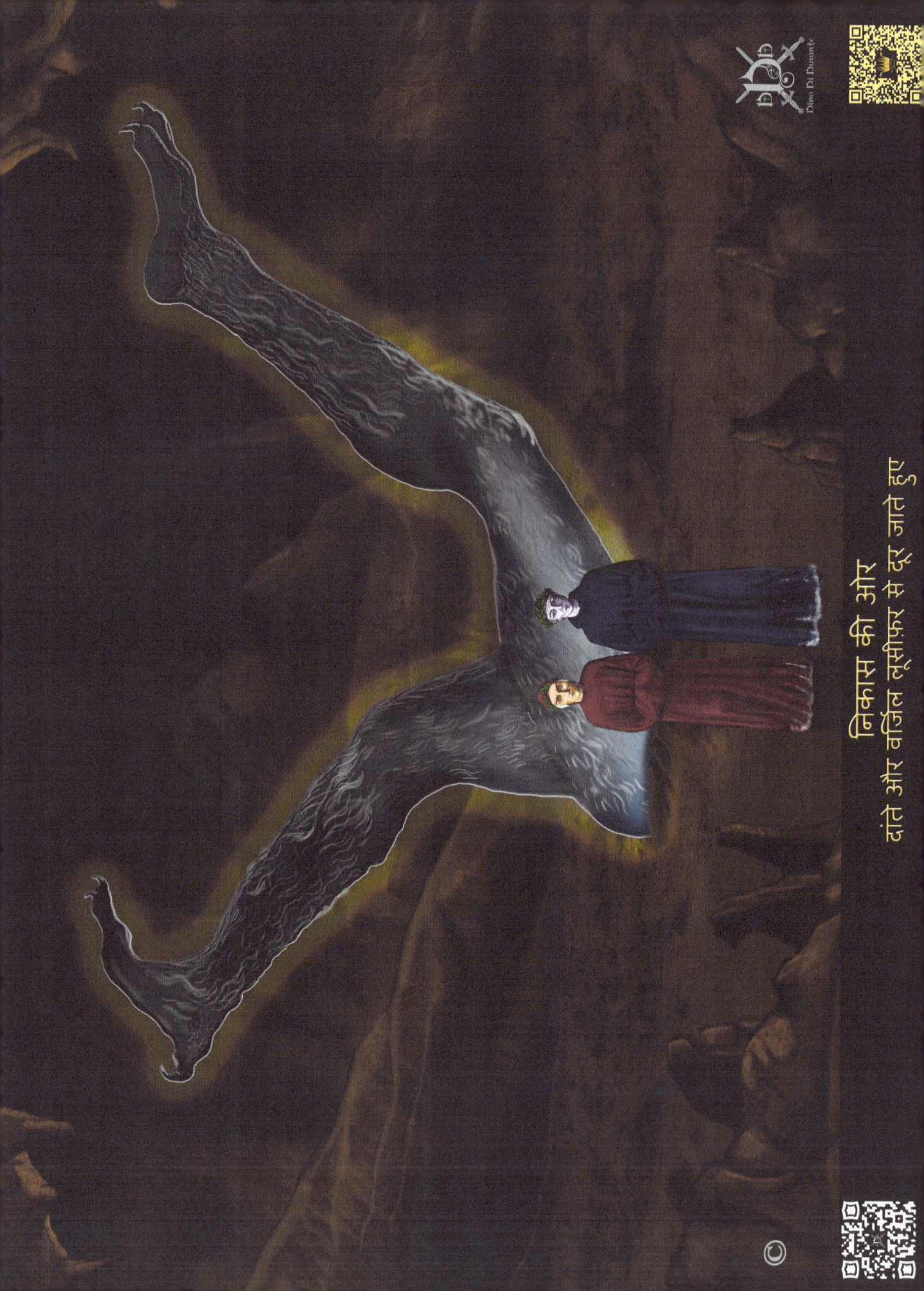

निकास की ओर
दांते और वर्जिल लूसीफ़र से दूर जाते हुए

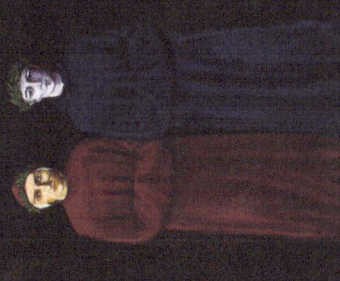

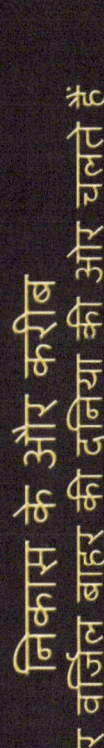

निकास के और करीब

दांते और वर्जिल बाहर की दुनिया की ओर चलते हैं

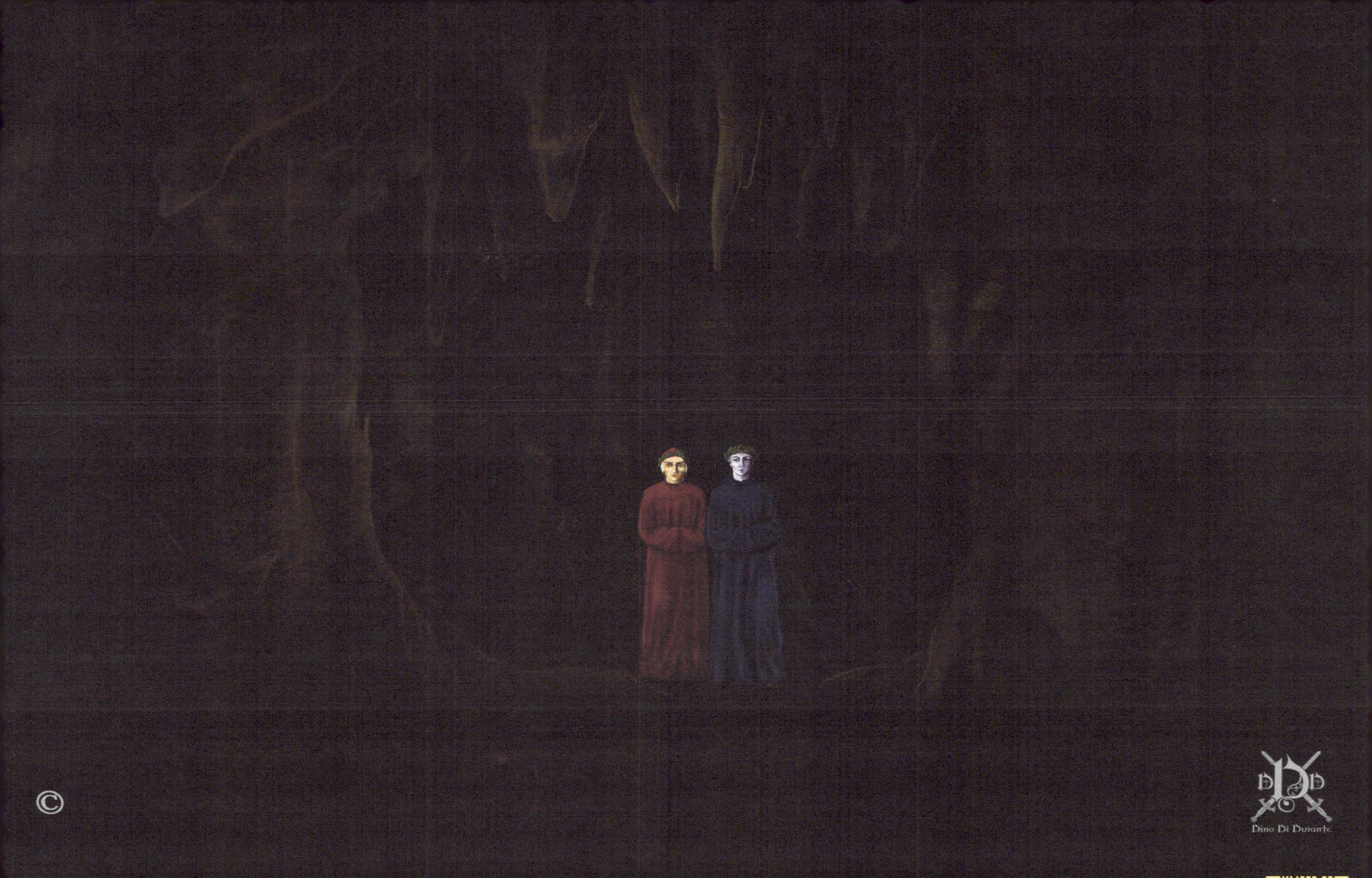

प्रकाश की एक झलक

कवि देखते हैं कि एक सुराख से प्रकाश आ रहा है

प्रकाश का संकेत

दांते और वर्जिल प्रकाश का पीछा करते हैं

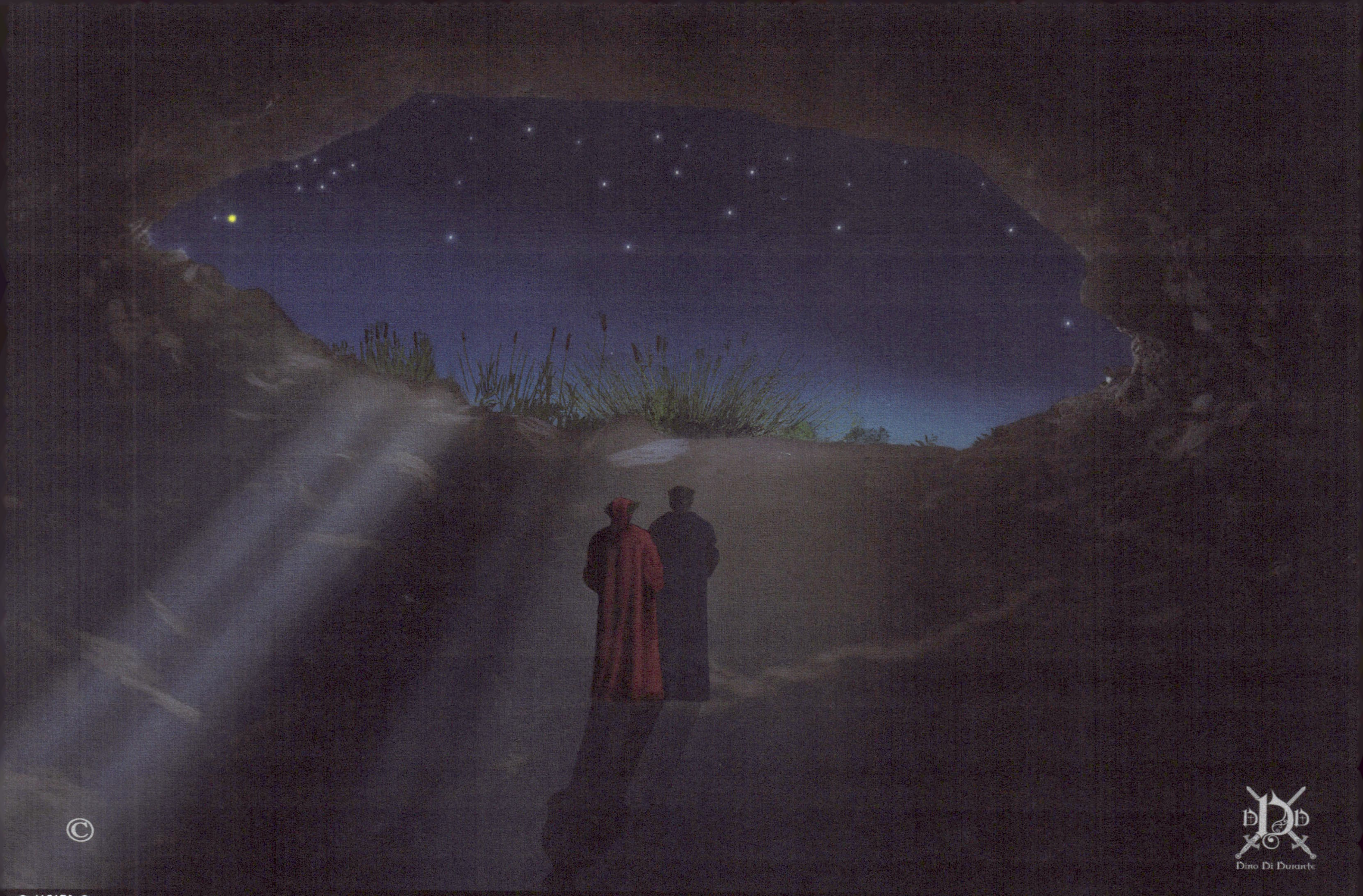

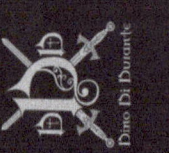

तारे

तारकीय रोशनी द्वारा निर्देशित दांते और वर्जिल बाहर निकलते हैं

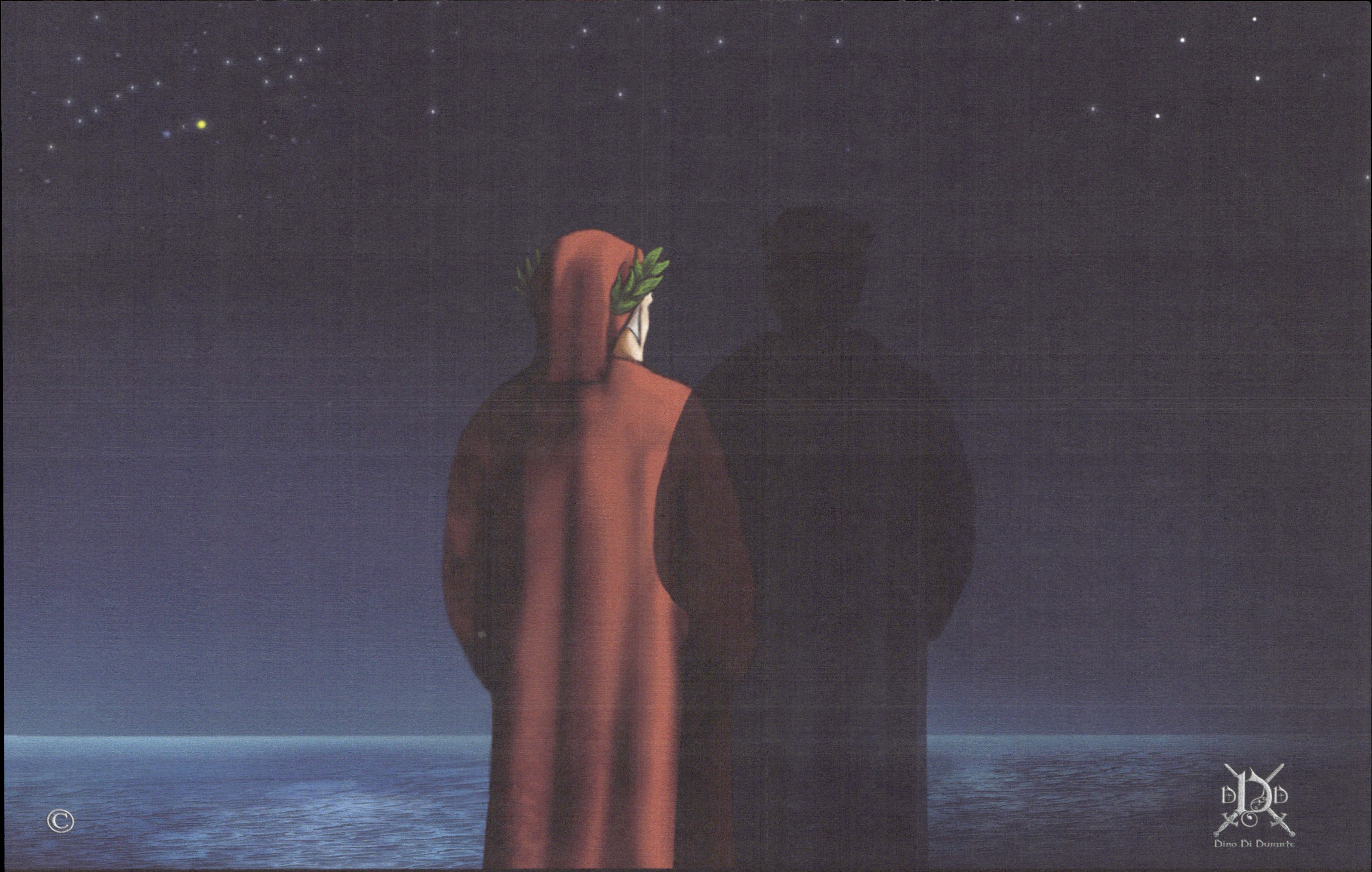

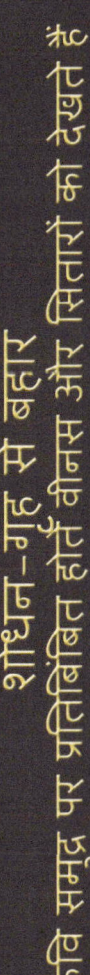

शोधन-गृह से बहार

कवि समुद्र पर प्रतिबिंबित होते वीनस और सितारों को देखते हैं

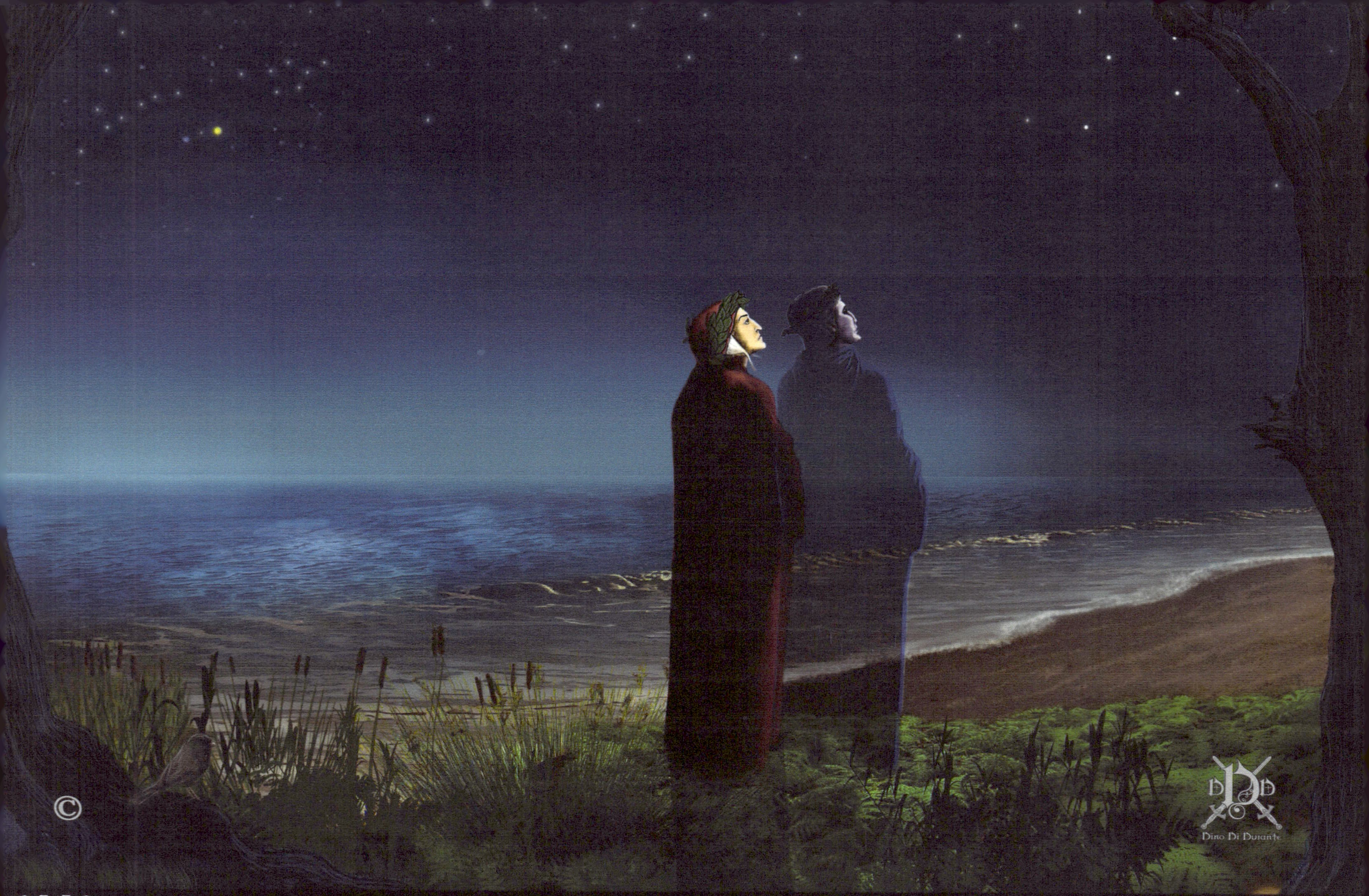

आकाश
दक्षिणी क्रॉस और मीन नक्षत्र पर विचार करते हुए

नरक का कोलाज

दांते प्लूटो, मीनोस और दो आत्म-हत्यारों के बीच

Armand Mastroianni
Presents
Dante's Hell Animated
A Film Produced and Directed by Boris Acosta
Artwork by Dino Di Durante
Eric Roberts
Nia Peeples
Vincent Spano
Jeff Conaway
Hélène Cardona
Al Sapienza
Shirly Brener
Rico Simonini
Vanna Bonta
Adrian Paul
www.DantesHellAnimated.com

Armand Mastroianni

presenta

Inferno Dantesco Animato

Regia di Boris Acosta

Vittorio
Gassman

Franco
Nero

Vittorio
Matteucci

Silvia
Colloca

Marco
Bonini

Cosimo
Fusco

Veronica
De Laurentiis

Susanna
Cappellaro

Arnoldo
Foa

Simona
Caparrini

Mario
Opinato

Sceneggiatore - Dante Alighieri
Adattamento - Dino Di Durante
Produttore - Boris Acosta
Musica - Aldo De Tata e Maria Eolani
www.InfernoDantescoAnimato.com